AF303043

Bettina Heer

Die Seelenverwandten

Roman

Bibliografische Information der Deutschen Nationalbibliothek:

Die Deutsche Nationalbibliothek verzeichnet diese Publikation in der Deutschen Nationalbibliografie; detaillierte bibliografische Daten sind im Internet über http://dnb.dnb.de abrufbar:

Herstellung und Verlag:

BoD – Books on Demand, Norderstedt

ISBN: 978-3-7347-3031-3

Where there is love there is life.

Mahatma Gandhi

Vorwort

Wir Menschen sind stetig auf der Suche nach etwas Besonderem in unserem Leben: auf der Suche nach Anerkennung, Abenteuer, Ruhm, Glück, Herausforderungen, Liebe, Nähe, Geborgenheit... Die Liste ist endlos, denn so unzählige Menschen es auf dieser Welt gibt, so verschieden sind ihre Bedürfnisse.

Was aber suchte meine Seele?

Kapitel 1

Wieder ein Tag mehr, an dem ich im überfüllten Bus zur Arbeit fuhr. Eine Konzentration für seriöse Arbeiten aufzubringen, konnte man hier drin komplett vergessen. Es war zu stickig, zu laut, zu eng, einfach unmöglich. Ganz abgesehen davon konnte man sich glücklich schätzen, wenn man überhaupt einmal einen Sitzplatz erwischte. Ich atmete jedes Mal regelrecht auf, wenn ich nach ungefähr vierzig Minuten Fahrt wieder aussteigen konnte und endlich das Stadtzentrum Dublins erreicht hatte. Leider war kein Tag wie der andere, was das Busfahren und den morgendlichen Verkehr betraf. Wenn sie wieder einmal Lust hatten, den Phoenix Park zu schliessen, dann war richtig was los auf der Strasse. Mit *sie* meine ich die Regierung und das Bauamt. Ihre Willkürlichkeit ging mir allmählich auf die Nerven.

Eigentlich gelang es mir ganz gut, die vielen Leute im Bus auszublenden und an ihnen vorbeizusehen. Es konnte unglaublich ermüdend sein, in die vielen Gesichter der Menschen zu schauen, ihre Stimmen im Kopf zu haben und dennoch nichts mit ihren Problemen anfangen zu können. Hatte nichts jeder genug eigene Probleme, als dass er sich auch noch um die anderer kümmern könnte?

Ich starrte mit leerem Blick aus dem Fenster. Selbst die vorbeirasende Landschaft blendete ich völlig aus, meine Augen starrten einfach geradeaus durch die Scheibe.

Manchmal hatte ich das Gefühl, dass sich meine Seele sanft von mir löste und aus dem Bus flitzte, sobald er an einer Station hielt. Sie schwebte dann vor der Scheibe und tanzte umher, so als wollte sie mich ärgern. *Ätsch, sieh mal, ich bin hier draussen!* Ich konnte sehen, wie der Schimmer vergnügt umherflitzte. Zurück im Bus blieb nur eine leblose Hülle, die ihre ganzen Charakterzüge verloren hatte, bis sich die Seele wieder dazu überreden liess, in dieses Nichts zurückzukommen. Manchmal fragte ich mich, ob da draussen irgendetwas war, das mich perfekt vervollständigen könnte. Ich ertappte mich sogar dabei, wie ich ein vorsichtiges *Hallo?* dachte und regelrecht zusammenzuckte, als ein warmes *Hallo!* zurückkam. Da war ich an dem Punkt angelangt, an dem ich ernsthaft an meiner Zurechnungsfähigkeit zweifelte. Ich schüttelte den Kopf, um die Gedanken zu vertreiben.

Was ich an meinem Leben am meisten liebte, war mein Job. Ich liebte es, als Grafikerin vor Ideen nur so zu sprühen und innovativ zu sein. Insgesamt hatte mein Job einen positiven Einfluss auf mein ganzes Leben. Ich hatte nie Angst vor

Veränderungen und machte aus allen Situationen, wenn möglich, das Beste. Ich arbeitete in einer Firma, war aber dennoch selbstständig, was hiess, dass ich zwar mein Büro in einer Firma hatte, gelegentlich Arbeiten für sie erledigte, doch eigentlich eine eigenständige Firma mit eigenem Namen war. Ich hatte seit mehreren Jahren einen zuverlässigen Kundenkreis und war insgesamt sehr zufrieden.

Ich war tief in meinen Gedanken versunken, als der Bus an der nächsten Station hielt, und wenn ich nicht von der Menge andauernd geschubst worden wäre, hätte ich es wirklich verpasst, auszusteigen. Ich atmete tief durch, schulterte meine Tasche und stieg aus dem Bus.

Während ich zu meinem Büro lief, grüssten mich verschiedene Mitarbeiter. Ich kann es nicht leugnen, dass ich einen guten Ruf habe und von der gesamten Belegschaft angesehen bin. Vielleicht bewunderten sie mich alle dafür, dass ich diese öde Firma mit meinen innovativen Designs zumindest etwas aufpeppte. Ich lächelte höflich, wirklich jemanden von ihnen kannte ich aber nicht. Meine Freunde waren von einer anderen Sparte. Lockerer und irgendwie noch nicht so durchgebrannt. Die Leute hier schienen eindeutig seit mehreren Jahren nicht aus diesen vier Wänden raus gekommen zu sein, was an sich eine Tragödie war, aber schliesslich war es ja deren Entscheidung.

Im Büro setzte ich mich an den Schreibtisch und schaltete den Computer ein. Draussen schien die Sonne, was ganz untypisch war für Dublin. Kaum hatte ich den Anrufbeantworter ausgeschaltet, klingelte das Telefon. „Jana's graphics. Was kann ich für Sie tun?" Es war kein spezieller Auftrag, ich sollte wieder einmal Flyer für ein Restaurant in Howth, einem Fischerdorf nördlich von Dublin, gestalten. Es hiess „The Bloody Stream" und bereits als ich den Namen zum ersten Mal hörte, hatte ich unzählige Ideen im Kopf.

Den Morgen verbrachte ich also damit, mir ein Layout auszudenken, oder besser gesagt mehrere Layouts, damit der Kunde eine breite Auswahl hatte. Es war manchmal gar nicht so einfach, mehrere Ideen auszuarbeiten, da ich meist einen klaren Favoriten hatte und alles andere sozusagen nur aus Zwang machte. Das Komische daran war allerdings, dass die Kunden meinen Favoriten nur selten wählten und lieber die Zwangsideen nahmen, was ich ihnen natürlich nicht sagte. Wenn ich eines hasste, dann war es Beeinflussung persönlicher Entscheidungen von aussen.

Gegen Mittag holte ich meinen Geldbeutel hervor und sah nach, ob ich genug Geld hatte, um essen zu gehen. Dabei stiess ich auf eine Visitenkarte von einem gewissen Doktor Fabian Sutter und plötzlich erschienen Bilder vor meinem Auge, die ich glaubte, schon vergessen zu haben. Eigentlich war es gar nicht so lange her, vorgestern glaube ich. Wie auch immer, ich hatte diesen Mann im Bus getroffen. Er war kurz vor meiner Station dazu gestiegen und hatte mich versehentlich gestossen. Mit einem einladend breiten Lächeln hatte er sich bei mir entschuldigt, doch ich war mit meinen Gedanken noch irgendwo im Niemandsland gewesen und hatte nicht mal richtig bemerkt, dass er mich gestossen hatte. „Bitte?", hatte ich verwundert gefragt und meine Kopfhörer aus den Ohren genommen. Er hatte nur noch breiter gelächelt, mir richtige Avancen gemacht und ich hatte es nicht einmal bemerkt. Er hatte mir dann jedenfalls seine Visitenkarte in die Hand gedrückt und gemeint, wir könnten ja mal einen Kaffee trinken gehen, doch ich hatte gesagt, dass ich momentan nicht für so etwas empfänglich sei und ihn ziemlich sicher nicht zurückrufen würde. Zum Glück war er danach nicht beleidigt gewesen, das hätte ich nun wirklich nicht gebrauchen können. Ich hatte ihm die Wahrheit direkt ins Gesicht gesagt, nur ist die Wahrheit meist nicht besser als eine Lüge, also was will man.

Aber die Karte sah wirklich toll aus und ich hätte zu gerne gewusst, welcher Grafiker dahinter steckte. Es war Mittag, ich hatte nichts Besseres zu tun, also wählte ich die Nummer. „Hallo?", meldete sich eine dunkle Stimme schon nach dem zweiten Klingeln. „Hallo, hier ist Jana. Ich glaube nicht, dass Sie sich an mich erinnern…" „Hallo Jana. Die Jana aus dem Bus, richtig?" Ich runzelte die Stirn. „Sie wissen noch, wer ich bin?" Er lachte. „Der Morgenmuffel." Ich lächelte; er hatte meine Worte doch falsch gedeutet, indem er sie gar nicht gedeutet hatte. Clever.

„Ich wollte wissen, bei wem Sie Ihre Visitenkarte haben machen lassen…" Er hielt inne. „Wo ich was habe machen lassen?", fragte er nach. Es klang verwundert. „Ihre Visitenkarte." Ich hasste es, mich wiederholen zu müssen. „Sie haben mich wirklich nur angerufen, um den Namen des Grafikers zu erfahren?" Er lachte schallend. „Wollen Sie auch welche machen lassen?" Ich räusperte mich. „Nein", antwortete ich schnell. „Wie wär's, wenn wir uns auf einen Kaffee treffen?", schlug er vor. „Ich habe Hunger…" Er lachte. „Wie wär's dann mit Mittagessen?" Ich nickte, bis mir klar wurde, dass er mich ja gar nicht sah, also sagte ich schnell ja. „Wo?" Wann war keine Frage, denn ich hatte wirklich Hunger.

So kam es, dass wir uns im Le Cirk trafen und ich mich erst mal tief in die Menükarte vertiefte, ehe ich mit ihm sprach. Er sah irgendwie belustigt aus. „Wie heisst der Grafiker?", fragte ich geradeheraus. „John Miller", sagte er. „Er ist gut...", sagte ich nickend und nahm einen Schluck Wasser. „Sie sind nicht zufällig Grafikerin?" Er lächelte. Verdammt, wieso hatte er mich so schnell durchschaut?

„Da fragen Sie am besten meinen Chef...", meinte ich unbeeindruckt. „Und schlagfertig dazu", murmelte Fabian mit einem Grinsen.

Als das Essen kam, sprach ich nicht mehr viel; wie schon gesagt, ich war einfach zu hungrig. „Sind Sie Doktor Doktor oder Doktor irgendwas?", fragte ich, als ich endlich einmal eine Pause eingelegt hatte. „Was ist besser?", fragte er schelmisch. „Doktor Doktor...", erwiderte ich, worauf er eifrig nickte. „Dann bin ich das. Ich meine, ich weiss ja auch nicht, was Sie sind... Vielleicht Grafikerin, vielleicht auch sonst irgendwas."

Irgendwie begann mir seine Art zu gefallen. „Ich bin gebürtige Schweizerin." Er grinste. „Sie wollten ja schliesslich wissen, was ich bin…", erklärte ich und widmete mich wieder meinem Essen.

Nachdem sich herausgestellt hatte, dass er ursprünglich Deutscher war und später in die Westschweiz ausgewandert war, beschlossen wir, die Sprache zu wechseln. „Darf ich fragen, was Sie in Dublin machen, Herr Doktor Doktor?" Seine Augen funkelten mich an. „Ich bin einfach nur Doktor Doktor im St. James's Hospital." Ich nickte. Das Spital war mir bekannt, aber glücklicherweise hatte ich noch nie längere Zeit darin verbracht. Ich fand Krankenhäuser unglaublich deprimierend. Apropos Krankenhäuser: Eine Touristin hatte sich einmal gewundert, wieso vor dem Eingang des St. James's Hospital manchmal Leute im Schlafanzug standen und in ihrer Schlussfolgerung hatte sie das Spital für ein Hotel gehalten. Menschen haben ja auch nichts Besseres zu tun, als am helllichten Tag im Pyjama vor ihrem Hotel zu stehen. Ich wusste ja nicht, welcher Kultur diese Touristin angehörte, aber ich konnte mir nicht vorstellen, dass es in anderen Kulturen ein Art Pyjamahotel gab.

Ich schreckte aus meinen Gedanken hoch, als sich Fabian räusperte. „Macht es Ihnen etwas aus, wenn ich die Rechnung verlange?" Ich schüttelte langsam den Kopf. Hatte ich etwas Falsches gesagt?

Fabian bezahlte. Ich wollte protestieren, doch er liess nicht mit sich reden. Ich hasste es, eingeladen zu werden. Irgendwie fühlte ich mich danach immer dem anderen verpflichtet. „Wissen Sie was... Sie sollten mich einfach irgendwann diese Woche anrufen", meinte er zum Abschied mit einem Lächeln. Ich erwiderte es und meinte: „Ich habe Sie diese Woche schon einmal angerufen." Er lachte: „Ich würde Sie wirklich gerne wiedersehen." „Dann rufen Sie mich an... Meine Nummer haben Sie jetzt ja", meinte ich leichthin. „Ich nehme Sie beim Wort!" Er küsste mich kurz auf die Wange, noch ehe ich hatte zurückweichen können, und lief in die entgegengesetzte Richtung davon. Ich stand ganz perplex da, dann fasste ich mir an die Wange und machte mich wieder auf den Weg zur Arbeit.

Kapitel 2

Was sich in meinem Leben im darauffolgenden Jahr verändert hatte, war an einer Hand abzuzählen: Meine Arbeit lief nicht mehr so gut wie bisher, mein Kundenkreis sprang langsam ab und Fabian und ich waren zusammengezogen. Wir hatten beschlossen, in die Schweiz zu meiner jüngeren Schwester zu ziehen, da diese bald heiratete und wir beide einen radikalen Tapetenwechsel dringend brauchen konnten. Fabian freute sich auf berufliche Herausforderungen, die er in letzter Zeit viel zu wenig gehabt hatte. Als ich meine Schwester vor zwei Monaten seit langem wieder einmal angerufen hatte, hatte ich plötzlich ein schlechtes Gewissen bekommen. Mir war aufgefallen, dass ich über den Klang ihrer Stimme irgendwie überrascht gewesen war und das konnte nur ein schlechtes Zeichen sein. Wenn jemand von uns anrief, dann war es meistens sie und wenn ich dann mal anrief, dann meist mit einem Anliegen. Und so war es auch diesmal nicht anders. Es war egoistisch von mir, sehr egoistisch. Ich wollte in meine Heimat zurückkommen, zurück zu meiner Familie, meiner Schwester und meinen Eltern. Auch wenn meine Eltern mehr ein sentimentales Gefühl in meiner Brust waren, denn sie waren bei einem Autounfall ums Leben gekommen, als meine Schwester und ich noch Kinder waren.

Meine Schwester hatte sich nach meinem Anruf sofort um eine Wohnung für mich und Fabian gekümmert und mir sogar schon Fotos geschickt, was mein schlechtes Gewissen nicht unbedingt besser machte, eher im Gegenteil. Aber jetzt konnte ich sowieso nichts mehr daran ändern. Ich konnte nur darauf hoffen, es irgendwie wieder gut machen zu können, wenn ich erst mal in der Schweiz sein würde.

Eine Bekannte übernahm meine Wohnung, so konnte ich praktisch alle Möbel ausser ein paar wenigen, die ich verkaufte, dalassen. Fabian hatte unseren ganzen Kram in Taschen und Koffer gepackt und schliesslich standen sechs prall gefüllte Koffer und vier aus allen Nähten platzende Taschen am Flughafen bereit zum Einchecken. Ein halbes Leben komprimiert in zehn Gepäckstücken.

Als wir endlich im Flugzeug sassen, war ich richtig erleichtert und froh. Ich freute mich sehr darauf, in Genf einen Neustart zu wagen. Kaum war das Flugzeug in die Startposition gefahren, spürte ich, wie Fabian meine Hand drückte, was ja an sich schön und gut war, doch diesmal war es irgendwie anders als sonst. So stark, so verdammt... „Was zum Henker tust du da?", fuhr ich ihn an und entriss ihm meine Hand. Er sah mich verdattert an. Ich sah, dass ihm der Schweiss auf der Stirn stand. „Ach scheisse, du leidest an Flugangst?" Das hatte mir gerade noch gefehlt. „Was, wenn ich auch Flugangst hätte? Würden wir uns dann gegenseitig das Handgelenk zertrümmern?" Ich grinste, irgendwie musste ich ihn ja beruhigen. Er lächelte schief und viel zu verkrampft. Ich rieb mir mein Handgelenk. „Verdammt, hast du einen Klammergriff!" Er lächelte noch mehr, doch er hielt sich immer noch eisern an den Armstützen fest, seine Knöchel traten weiss hervor.

Irgendwie überlebten wir, oder besser gesagt ich, den Flug, doch ich schwor mir, dass es das letzte Mal war, dass wir zusammen in einem Flugzeug sassen. Meine Hand schmerzte wirklich. Das Erste, was ich in Genf am Flughafen brauchte, war ein Eisbeutel.

Als ich meine Schwester in der Empfangshalle erblickte, lief ich schnell auf sie zu und drückte sie fest an mich. Wenigstens hatte ich nicht vergessen, wie sie aussah! „Svenja, das ist mein Freund Fabian."

„Hallo", grüsste Fabian mit seinem ganzen Charme und ich sah Svenja an, dass sie ihn bereits ins Herz geschlossen hatte. Sie zwinkerte mir zu und meinte dann: „Andreas kommt erst später nach Hause…" Sie hatte mir schon ein paar Mal am Telefon erzählt, dass ihr Verlobter als Journalist gewöhnungsbedürftige Arbeitszeiten hatte, sie sich aber schon damit abgefunden hatte, ehe sie ernsthaft mit ihm zusammen gekommen war. Mittlerweile waren sie schon fünf Jahre zusammen. Ich konnte es kaum glauben, dass ich ihn noch nicht kennengelernt hatte. Wahrscheinlich hätte ich ihn erst bei der Hochzeit kennengelernt, wären wir nicht nach Genf gekommen. „Du siehst wirklich umwerfend aus!", sagte Svenja und lachte mich an. „Nein wirklich, Dad's grüne Augen stehen dir toll und mit den hellbraunen Haaren zusammen musst du", sie blinzelte zu Fabian, „gut auf sie aufpassen!" Fabian zog mich an sich und drückte mir einen Kuss auf die Schläfe.

Svenja nahm uns im Auto mit. Ich war richtig froh, dass sie einen grossen Van hatte, der ausreichend Platz für alle unsere Koffer und Taschen bot. Dass die Mehrheit der Gepäckstücke von mir war und nicht von Fabian, war offensichtlich, doch ich war ja auch eine Frau und hatte somit das Privileg, stets viele Dinge mit mir herumzuschleppen.

Die Wohnung von Svenja und Andreas war wundervoll: geräumig, hell und fast direkt am See. „Eure Wohnung ist nur ein paar Strassen weiter. Die Möbel stammen von der

Vormieterin, wenn sie euch nicht gefallen, dann schmeisst sie raus und stellt neue rein, kein Problem!" Ich umarmte meine Schwester nochmals. „Vielen, vielen Dank! Ich weiss gar nicht, wie ich das verdient habe, ich war so eine schlechte Schwester. Ich meine, als grosse Schwester hätte ich mich mehr um dich kümmern müssen…" Sie machte eine wegwerfende Handbewegung: „Red' keinen Unsinn, ich bin erwachsen." Ihre blauen Augen blitzten freundlich. „Wisst ihr was, ich bringe euch kurz zu eurer Wohnung, ihr packt in Ruhe aus", sie brach erneut in Lachen aus, als sie die prallen Koffer sah, „und kommt dann zu uns rüber zum Abendessen. Einverstanden?" Wir bejahten und so waren wir nur wenige Minuten später in unserer neuen Wohnung und begannen, die Koffer auszupacken. „Hast du schon die Aussicht auf den Genfersee gesehen?", fragte ich Fabian begeistert. „Ich kann mir gut vorstellen, auf unserem Balkon wunderschöne Sonnenuntergänge bei einem Glas Wein zu betrachten. Ich freue mich richtig darauf, hier mit dir neu zu beginnen und das Beste ist, ich mag deine Schwester!", sagte er ehrlich. Ich grinste. „Ich kann es kaum erwarten, ihren Verlobten kennenzulernen. Ist es nicht unglaublich, dass ich ihn noch nie getroffen habe? Ich meine, er wird meine Schwester heiraten!" Ich fasste mir an die Stirn.

Fabian warf mir ein Kissen zu. „Hör auf, nachzudenken. In zwei Stunden wirst du ihn kennenlernen, okay?" Fabian küsste mich leidenschaftlich. „Zu schade, dass wir unsere Sachen auspacken müssen…", sagte ich neckisch. „Ja, wirklich zu schade!" Er küsste mich inniger und drückte meine Hände an die Wand. Ich wand mich aus seinem Griff. „Du willst doch heute Nacht nicht in Jeans schlafen gehen oder?" Ich zeigte demonstrativ auf die Koffer. „Oder ohne Zähneputzen ins Bett gehen? Das hat dir doch deine Mama beigebracht oder?" Fabian seufzte. „Na gut… Aber heute Abend kommst du mir nicht so leicht davon!" Ich küsste ihn nochmals sanft und schlüpfte dann unter seinem Arm hindurch. Es war einfacher, die ganzen Dinge auszupacken, als sie alle in die Koffer zu stopfen. Nach zwei Stunden hatten wir das meiste ausgepackt. Die Dinge, für die wir noch keinen geeigneten Platz gefunden hatten, lagen irgendwo herum: in der Küche, auf dem Boden oder dem Küchentisch.

Kapitel 3

„Da seid ihr ja, kommt herein!" Svenja hatte etwas sehr mütterliches und fürsorgliches an sich. Als wir die Wohnung betraten, roch es nach leckerem Essen, das Wasser lief uns förmlich im Mund zusammen. „Wir hätten einkaufen gehen sollen…", schoss es mir durch den Kopf und ich murmelte es leise vor mich hin. „Ihr könnt gerne ein paar Sachen von uns nehmen, also für das Frühstück, wenn ihr wollt." Fabian nahm das Angebot dankend an. „Das ist wirklich nett von dir, Svenja!" „Tut mir leid, euch enttäuschen zu müssen, aber Andreas ist noch nicht da. Er sollte aber gleich da sein…" Es verging keine Minute, da hörten wir auch schon, wie der Schlüssel im Schloss gedreht wurde. Miranda, die Katze, sprang hoch und flitzte in die Richtung, aus der sie das Geräusch vernommen hatte. „Hey Kleine, na wie geht's?" Ich kannte die Stimme, doch ich wusste nicht woher, denn ich hatte Andreas nie am Telefon gehört. Ich schüttelte verwirrt den Kopf und folgte Fabians Beispiel, der aufgestanden war, um Andreas zu begrüssen. „Hallo, du musst Fabian sein!" Andreas lächelte freundlich. „Andreas, freut mich, dich kennenzulernen…" Als Andreas seinen Blick auf mich richtete, durchzuckte es mich wie ein

Blitz. Es war als hätten wir uns gerade eine ganze Geschichte erzählt und plötzlich kam er mir so bekannt vor, als hätte ich einen alten Schulfreund vor mir stehen. Auch Andreas merkte die plötzliche Veränderung, doch er versuchte, sie zu überspielen. „Hallo Jana. Ich bin Andreas…" Wir gaben uns die Hand und wieder war es, als würden Blitze zwischen uns hin und her rasen. *„Scheisse, was ist hier los?"*, dachte ich entsetzt. *„Verdammt, was soll das?"*, kam es zurück. Andreas wich zurück in die Küche, darauf bedacht, möglichst natürlich dabei auszusehen. „Hey Schatz, was macht Brunners Reportage?" *„Ist das eine Verrückte?"*, fragte sich Andreas. *„Hey, ich kann dich hören!"*, fauchte ich. *„Ach du Scheisse…"* „Schatz, ich habe was vergessen, ich bin gleich wieder zurück, okay?" Ich hörte an Svenjas Stimme, dass sie irritiert war, doch sie liess Andreas gehen. „Na gut. Beeil dich, wir essen gleich…" Andreas stürmte aus der Wohnung.

„Was war das?", wollte Fabian wissen, der mich aufmerksam gemustert hatte. „Was war was?", fragte ich ärgerlich. Ich hasste es, wenn mir jemand eine Frage stellte, die ich selbst nicht beantworten konnte. „Er war total komisch, so als hätte ihn etwas tierisch erschreckt." Ich lachte mit einer leichten Hysterie. „Ich bin gleich wieder da", sagte ich und verschwand auf die Toilette.

Ich setzte mich auf den runtergelassenen Klodeckel und vergrub meinen Kopf in den Händen. *„Hallo?", fragte ich vorsichtig.* Es blieb still und ich hatte schon das Gefühl, ganz verrückt zu sein, als plötzlich Andreas' Stimme wieder erklang. *„Jana?" „Ja..."* Plötzlich ging mir ein Licht auf; die Stimme, die ich im Bus gehört hatte, war seine gewesen, ich war mir noch nie so sicher über etwas gewesen. *„Ich kenne deine Stimme...", murmelte er leise.* Ich lächelte vorsichtig. *„Ich deine auch. Ich war im Bus in Dublin und fragte mich, ob da draussen was sei, und dachte dieses ,Hallo?'" „Müssen wir an unserer Zurechnungsfähigkeit zweifeln?"* Ich grinste. *„Keine Ahnung. Wahrscheinlich schon."* Zum ersten Mal lachte er auch. *„Vielleicht sollte ich das mal googeln."* Ich prustete vor Lachen. *„Mach das. Wie wär's mit Telepathie?" „Funktioniert das nicht anders? Nur visuell?" „Ach scheisse, ich habe das Gefühl, ich bin völlig irre!"* Er lachte. *„Glaub nicht, dass es mir anders geht. Hattest du nicht eben auch das Gefühl, mich zum ersten Mal gesehen zu haben und dennoch zu denken, mich ewig zu kennen? Ich hatte das Gefühl, als hätte ich ein wichtiges Teilchen gefunden, das mich ergänzen und vervollständigen* *würde… Das klingt irgendwie total bescheuert.“ „Tu mir den Gefallen und komm wieder in die Wohnung, wer weiss, was Svenja und Fabian schon denken…“ „Sag mir erst, ob du dasselbe gedacht hast…“ „Ist doch offensichtlich. Aber es ist total verrückt.“* Ich schüttelte den Kopf und dennoch lächelte ich. Ich drückte auf den Spülknopf, so als ob ich ein Zeichen für das Ende unserer Konversation setzen wollte und ging zurück ins Wohnzimmer. „Kannst du mir verraten, wieso du auf der Toilette wie ein Zirkuspferd wieherst und dich kaum halten kannst vor Lachen?“ Fabian musterte mich mit einem Anflug von Unsicherheit. Wahrscheinlich zweifelte er insgeheim schon lange an meiner Zurechnungsfähigkeit, schoss es mir durch den Kopf. Jetzt musste ich mir etwas einfallen lassen. Fabian sah mich immer ungeduldiger an. Andreas, der gerade zur Tür herein gekommen war und Fabians letzte Worte gehört hatte, *rief mir zu: „Da liegt ein Magazin mit lustigen Witzen im Toilettenschrank.“* Ich wiederholte seinen Satz, welcher Fabian schliesslich beruhigte. „Gut, ich dachte schon…“ Eigentlich hätte es mich interessiert, was er gedacht hatte, doch insgeheim war ich froh, dass er die Sache nun auf sich beruhen liess.

„Nochmal Glück gehabt…“, meinte ich und seufzte erleichtert. „Da liegt übrigens wirklich ein Witzeheft im Toiletten-

schrank, für das nächste Mal…" Er zwinkerte mir zu. „Was hast du vergessen, Schatz?", wollte Svenja aus der Küche wissen. „Unterlagen…", meinte er wenig überzeugt. „Du meinst deinen Notizblock?", hakte sie nach. „Richtig", bestätigte er.

„Sollten wir ihnen nicht etwas davon erzählen?", fragte ich vorsichtig. „Auf keinen Fall!", lehnte er sofort ab. „Sie würden uns für zwei Irre halten und die Psychiatrie anrufen." Andreas schüttelte heftig den Kopf. „Was ist los, Schatz?" Svenja war verwirrt. „Es war ein anstrengender Tag… Ich muss mich einfach etwas ausruhen." Ich grinste, worauf ich einen strafenden Blick von Svenja kassierte. „Leg dich etwas hin, in fünf Minuten gibt es Essen."

„In der Bibliothek war heute kaum was los, es war richtig schön. Du siehst schon viel besser aus, Schatz!", meinte Svenja beim Abendessen zu Andreas. Er nickte zustimmend. „Fünf Minuten können wahre Wunder bewirken!" Ich lächelte ihn an. Fabian reichte mir meinen Teller mit der Pasta und der marinierten Hühnerbrust. *„Lecker!", meinten wir beide gleichzeitig. „Verdammt, daran muss ich mich erst noch gewöhnen…"*

„Unsere Wohnung ist wunderschön!“, sagte ich dann plötzlich zu Svenja. „Vielen Dank nochmals für deine grosse Hilfe.“ *„Wenn du das jetzt nicht ernst gemeint hättest, hätte ich das sofort gemerkt“, konstatierte Andreas. „Habe ich aber!“, gab ich zurück.* „Das freut mich!“, meinte Svenja. Ich schreckte hoch, doch dann wurde mir bewusst, dass ich den letzten Satz ja nur gedacht hatte. „Übrigens solltet ihr dann noch eure Fingerabdrücke in der Bibliothek registrieren lassen, dann könnt ihr jederzeit reingehen und herumstöbern, wenn ihr wollt.“ „Das ist ja wie bei James Bond…“, freute sich Fabian. „Ich komme aus dem Danken gar nicht mehr heraus!“ Meine Schwester war einfach viel zu nett. *„Ist sie wirklich. Sie hat sich manchmal gefragt, wieso du sie nicht auch mal anrufst…“* Verdammt, manche Dinge wollte man wirklich nicht so direkt ins Gesicht geworfen bekommen. *„Okay, ich bin eine schlechte Schwester – zufrieden?“* Ich blickte Andreas herausfordernd an, er zuckte nur mit den Schultern. *„Du hast ja genügend Zeit, es wieder hinzubiegen.“ „Wieso hast du das überhaupt gehört, dass ich fand, sie sei zu nett?“* Er lächelte. *„Rate mal… Ich habe dasselbe gedacht.“* Wir erhoben beide zur selben Zeit unser Glas, tranken einen Schluck und stellten es, sobald wir den Synchronismus bemerkt hatten, schnell wieder hin.

„Wir sollten es möglichst bald mal googeln!", beschloss Andreas.

Nach dem Essen gingen wir bald nach Hause, welches ja sowieso nur wenige Strassen entfernt lag.

„Ich finde die beiden richtig nett!", meinte Fabian beim Zähneputzen. Ich nickte. „Es ist wirklich wahnsinnig, was sie alles für uns getan haben, ich meine alleine schon die Wohnung!" Er nickte. „Wir sollten uns ordentlich dafür bedanken, meinst du nicht?" Natürlich sollten wir das.

„Sei mir nicht böse, aber ich sitze noch ein wenig auf den Balkon." Fabian war überrascht und irgendwie auch ein wenig niedergeschlagen. Ich konnte mich noch gut an seine Worte vor wenigen Stunden erinnern. „Heute Abend kommst du mir aber nicht davon!" „Es tut mir leid", hauchte ich ihm ins Ohr, drückte ihn fest und lief dann zur Balkontür. Doch irgendwie ging mir die Sache mit Andreas nicht aus dem Kopf und irgendwie wusste ich, dass es ihm genauso ging. Kaum hatte ich mich auf den Stuhl gesetzt, hörte ich auch schon seine Stimme: *„Rate mal, was ich gerade mache..."* Ich erschrak fürchterlich, als ich vor meinen Augen einen Laptop sah und ich beinahe das Gefühl hatte, neben Andreas zu sitzen. *„Du sitzt am Laptop"*, sagte ich atemlos. Er lachte. *„Das funktioniert ja wirklich! Hochinte-*

ressant! Ich glaube, das kann uns nur von Vorteil sein."
„Woher wusstest du, dass ich auf dem Balkon bin? Ich meine, du hättest schon früher mit mir sprechen können..." Ich konnte spüren, wie er langsam die Schultern anhob, irgendwie war es, als hätte ich eine unsichtbare Verbindung zu ihm. „Du warst verkrampft, du wolltest nicht, dass ich was sagte." „Und das hast du gespürt?", fragte ich ungläubig. Er nickte. „Hey, es fühlt sich an, als wärst du hier neben mir vor dem Laptop", sagte er begeistert. „Hast du etwas gegoogelt?" „Einer kann eine Frage stellen, der andere spricht die Antwort laut aus, Peanuts oder? Bei uns läuft das irgendwie anders... denken, empfinden, fühlen gleich, müssen wir erst noch herausfinden, spüren, wie es dem anderen geht, absolut..." „Und was hast du eingegeben?" „Seelenverwandtschaft." „Seelenverwandtschaft, aber das ist doch absurd!" „Wir sollten einfach niemandem etwas davon erzählen, ich glaube, unsere Form der Seelenverwandtschaft existiert so nicht." Ich fasste mir an die Stirn: „Ist es gut oder ist es verrückt und schlecht?" „Ich weiss es nicht. Vielleicht müssen wir das erst herausfinden..." Ich stand auf und ging wieder in die Wohnung, irgendwie war es hier draussen zu kalt.

Ich kuschelte mich an Fabian, der über meine kalten Füsse protestierte. Ich küsste seinen Nacken, bis er sich umdrehte und mich mit seinen Küssen überfiel.

„Ich klink mich mal aus…", *meinte Andreas.* Ich lächelte und küsste Fabian weiter. *„Gute Nacht!"*, *murmelte ich.*

Ob Andreas jetzt wieder gespürt hatte, dass ich mich verändert hatte? Ich würde ihn morgen fragen. *„Du hast aufgehört zu frösteln und…na ja, zu weit vertiefen müssen wir das ja nicht."* Ich stockte. *„Wenn du dich etwas fragst, das mit mir zu tun hat, dann höre ich das. Ich glaube, das ist einer der Nachteile… Vor allem wenn du wütend wärst oder mich nicht mögen würdest. Hm… Also dann schlaf jetzt! Ach scheisse, ich meine, tu einfach, wonach dir ist…"* Ich grinste, es war einfach zu komisch. *„Noch schlimmer, ich sag einfach gar nichts mehr!" „Haha, ich lach' mich kaputt, als ob du das könntest!" „Ich werde mich jetzt einfach demselben widmen wie du…"* Es war wie ein Schnitt und ich hörte ihn nicht mehr. Ich lächelte glücklich. Ich fragte mich, ob ich Andreas auch noch am anderen Ende der Welt hätte hören können. *„Könntest du vielleicht…?!"* Ich fuhr zusammen. *„Tut mir leid!"*, *sagte ich ehrlich. „Ich bin es mir nicht gewohnt, dass ein Mann weiss, was ich denke…" „Schon okay… Abgesehen davon ist deine Frage sehr inte-*

ressant, vielleicht sollten wir es mal testen." An diesem Punkt beschloss ich, mich Wichtigerem zu widmen; ich ergriff Fabians Hände, drückte ihn in die Kissen und gab mich ihm hin.

Kapitel 4

Ich erwachte, weil mir Kaffeegeruch in die Nase stieg. Fabian sass neben mir, las die Zeitung und hielt eine Tasse in der Hand. „Guten Morgen, Sonnenschein!", sagte er zärtlich und küsste mich. Er trug seine Brille immer nur morgens und auch wenn ich zu dieser Zeit aufgrund meiner Schlaftrunkenheit kaum etwas sah, fand ich ihn mit der Brille unheimlich sexy.

„Gut geschlafen?", wollte er wissen. Ich kuschelte mich an seinen Bauch und schloss die Augen wieder. „Ausgezeichnet." „Wann ist dein Termin mit der Immobilienmaklerin?" Ich rieb mir die Augen. „Erst am Nachmittag… Wann musst du ins Spital?" „Erst am Nachmittag…", kam es leise zurück. Ich spürte seine Lippen an meinem Kopf und seufzte zufrieden. „So könnte ich es Jahre aushalten", murmelte ich. Fabian zog mich noch näher zu sich hin und wir genossen es einfach nur, einander so nahe zu sein und Energie tanken zu können.

„Was Tolles geträumt in der ersten Nacht in einer neuen Stadt?" Ich erschrak, als ich Andreas' Stimme hörte und schlug die Augen auf. *„Gott, ich habe jedes Mal das Gefühl, du stehst mitten im Raum…", seufzte ich. „Daran muss ich*

mich wohl auch noch gewöhnen." Ich hörte ihn lachen. *„Zurück zu deiner Frage: Ich habe gut geschlafen, aber ich kann mich in keiner Weise an irgendeinen Traum erinnern."* Er seufzte. *„Das ist aber schade, ich hätte dir deine ganze Zukunft voraussagen können."* Ich kuschelte mich näher an Fabian ran und schloss die Augen. *„Wie wär's, wenn du mir einfach mal etwas von dir erzählst?",* forderte ich ihn auf. *„Ich habe das Gefühl, dich inn- und auswendig zu kennen und dennoch könnte ich nichts über dich erzählen..."* Es blieb eine Weile still. *„Macht das irgendwie Sinn?" „Ja."* Ich wartete vergeblich darauf, dass er weitersprach. *„Und?",* fragte ich also. *„Ich würde dich gerne sehen...",* sagte er leise. Ich war ehrlich überrascht, was Andreas sofort merkte *und erklärte: „Ich bin es mir nur nicht gewohnt, mit jemandem zu sprechen und ihn nicht sehen zu können, ausser vielleicht am Telefon; ich habe das Gefühl, du stehst direkt vor mir, doch ich kann nichts sehen. Es ist ziemlich verwirrend!" „Ich weiss, was du meinst. Wo?" „Wie wär's mit dem Starbucks?"* Ich war mehr als einverstanden. *„Wann?"* Ich spürte, wie er überlegte, er hatte noch eine Menge andere Dinge im Kopf. *„Ich... bin gerade bei der Arbeit. Es ist unglaublich, ich übe mich gerade im Multitasking und das als Mann!"* Er brach in Lachen aus. *„Oh mein*

Gott, meine Chefin schaut mich gerade an, als hätte ich nicht mehr alle Tassen im Schrank. Sie hat mir gerade einen Berg Arbeit gebracht und jetzt ist sie wohl erstaunt, dass ich es mit Humor nehme – und das liegt nur an dir.“ Jetzt musste auch ich lachen. *„Ist sie ein Drache?“* Er hatte die Antwort noch nicht einmal gedacht, da wusste ich sie schon. *„Wann ist wirklich eine gute Frage, ich habe in zwei Stunden Mittagspause, vielleicht dann?“* Ich schielte möglichst unauffällig auf den Wecker, der kurz vor zwölf anzeigte und nickte. Fabian musste lächeln. „Noch genug Zeit für dein Styling?“ Ich grinste zurück und küsste ihn. Irgendwie war ich froh, dass er nicht wusste, was in meinem Kopf wirklich vorging. *„Bis dann, ich freu mich!“*

„Schaust du dir die Stadt an?“, fragte Fabian eine Stunde später, als ich mich ebenfalls bereit machte. Ich nickte. „Ich muss doch mal sehen, wo wir hier gelandet sind…“ „Wir sehen uns zum Abendessen“, meinte er und küsste mich nochmals. „Ich liebe dich!“, flüsterte er mir ins Ohr, dann nahm er seine Tasche und ging. „Viel Erfolg, Schatz!“, rief ich ihm hinterher. „Dir auch.“ Er warf mir eine Kusshand zu, schüttelte sein Haar und zwinkerte mir zu, dann schloss er endgültig die Tür hinter sich.

Der Starbucks war nicht allzu weit entfernt, also ging ich zu Fuss. Genf war wirklich eine schöne Stadt und der See war prächtig. Da es Sommer war, trug ich ein Sommerkleid und liess meine Haare offen. So konnte ich der Immobilienmaklerin schon entgegentreten, es war ja nicht mein erster Tag als Angestellte in einer neuen Firma oder so. Jana's graphics, ich würde einfach denselben Namen weiter verwenden, es war ja nicht so gewesen, dass er mir Pech gebracht hatte.

„Ich spür irgendwie, dass du jeden Moment zur Tür hereinkommen wirst..." „Ach ja? Was macht dich so sicher?" Ich wusste, dass die Frage unsinnig war, ich spürte seine Anwesenheit auch, es war wie mein zweiter Teil, der in der Nähe war und ich *spürte es einfach. „Genau!"*

„Hallo!", meinte ich, als ich dann wirklich zwei Sekunden später die Tür zum Starbucks öffnete. „Hallo!", begrüsste mich Andreas lächelnd. „Es ist schön, dich zu sehen..." Ich lächelte.

„Kann ich dir was holen?" Kaum hatte ich mich auf den Stuhl gesetzt, holte ich meine Geldbörse hervor und streckte ihm Geld hin. *„Einen Cappuccino, bitte!"* „Lass stecken", widersprach er und machte eine wegwerfende Handbewegung. *„Wieso sprichst du nicht mit mir?", wollte er statt-*

*dessen wissen. „Was tue ich denn anderes?", grinste ich.
„Du weisst doch genau, was ich meine!"* „Ich habe mich so
daran gewöhnt...", entschuldigte ich mich, doch so ernst
meinte ich es nicht. *„Ha, das war nicht mal ernst gemeint..."* „Oh Mist!" Ich schlug mir die Hand vor den
Mund. „Einen Cappuccino, bitte!", versuchte ich ihn abzulenken. *„Diesmal funktioniert es, normalerweise bin ich
nicht so leicht abzuschütteln."* Ich lächelte dankbar. Wie
gütig! Er lächelte zurück, hob mahnend den Finger und
stellte sich dann in die Schlange.

Andreas war kurz darauf wieder zurück und stellte die Tasse
vor meine Nase.

„Wie geht es dir?", wollte er wissen. „Gut..." *„Müde..."*
Seine Augen blitzten. *„Es kann mir auch gut gehen, wenn
ich müde bin!", fauchte ich.* „Schon gut, schon gut." „Wie
geht es dir?" *„Eigentlich ist die Frage total bescheuert, ich
würde es spüren, wenn es dir schlecht ginge. Du hast gerade
viel zu tun bei der Arbeit und ein Workaholic bist du auch,
aber ansonsten geht es dir gut..."* „Ich bin begeistert",
meinte er ehrlich. Ich merkte, wie uns zwei ältere Frauen
komisch ansahen und da fiel mir auf, dass wir ja eigentlich
gar nicht miteinander „sprachen". *„Wahrscheinlich denken
sie, wir seien völlig bekloppt oder so ein dummes, frisch*

verliebtes Pärchen, das kein Wort raus bringt und es gerade noch so wagt, sich in die Augen zu sehen..." Andreas lachte laut; die Frau nebenan tuschelte eifrig mit ihrer Freundin, welche eine eindeutige Handbewegung machte, die nicht gerade positiv für uns ausfiel. *„Müssen wir uns daran gewöhnen?", fragte ich lächelnd.* Er nickte. *„Sieht ganz so aus..."*

„Ich habe mir überlegt, ob du mich nachher nicht ein wenig beraten könntest mit meinem neuen Büro..." *„Das mit der Bildübertragung ist wirklich speziell", fügte ich noch an.* „Schliess mal die Augen", sagte er, berührte kurz mit seiner Hand meinen Unterarm und lachte dann. Plötzlich hatte ich einen widerlichen Mann mit Rastas auf dem Kopf vor Augen. Er sah aus, als hätte er seit zwei Jahrzehnten nicht mehr geduscht, trug vier Ratten in seiner Kapuze und zermalmte gerade auf unappetitliche Weise einen Burger zwischen seinen Zähnen. *„Hör auf, das ist widerlich!", empörte ich mich.* Er stupste mich mit seinem Finger in die Nase: „Sie dürfen aufwachen!" „Das *muss* einfach ein Nachteil sein! Wieso gibt es keinen Zettel, wie bei jedem Medikament, auf dem alle Risiken und Nebenwirkungen aufgeführt sind?" *„Wir sollten mal über etwas anderes reden", beschloss Andreas und sah mich herausfordernd an. „Willst du irgen-*

detwas Bestimmtes wissen?" „Erzähl mir von deinem Leben in Dublin…" „Ich hatte eine Firma, Jana's graphics, und eigentlich ist sie ganz gut gelaufen bis zum Schluss, nur, ja…ich weiss nicht. Ich hatte die Schnauze gestrichen voll, nur wieso kann ich dir nicht erklären. Wichtige Stammkunden sind einfach abgesprungen, der Job da hat mir nicht mehr so viel Spass gemacht. Und es gab Konkurrenz, die einfach bessere Ideen hatte als ich…" „Das kann verdammt lästig sein, wenn so viel Druck entsteht und du genau weisst, dass du untergehen würdest, hättest du nicht auch so gute Ideen. Ich hasse es immer, so zu arbeiten. Einmal hatte ich in einer Firma gearbeitet, die in einem extremen Machtkampf mit einem anderen Unternehmen stand. Ich sollte eine Reportage, eine Art Porträt, über diese Firma schreiben und zum Druck des Unternehmens selbst kam noch dazu, dass mein ärgster Feind für die andere Firma arbeitete. Du wirst es nicht glauben, aber ich brachte keinen einzigen zusammenhängenden Satz auf die Reihe. Das ist auch der Grund, weshalb ich meinen Arbeitsplatz gewechselt habe. Manche Leute können gut mit Druck umgehen, andere erdrückt es wortwörtlich."* „Du sprichst mir aus der Seele…", lächelte ich. „Was auch sonst?" „Was auch sonst." Wieder einmal mehr verstanden wir uns ohne Worte. *„Ich habe das*

Gefühl, du solltest langsam gehen..." Er übermittelte mir die Uhrzeit, die er an der Kirchenturmuhr abgelesen hatte. *„Wie praktisch... das ist eindeutig ein Vorteil!"* Er lächelte mich warm an, nahm meine Tasche und stand auf. *„Wo ist dein Büro?", fragte ich.* „In dieselbe Richtung wie deine Immobilienmaklerin." „Oh Scheisse, ich habe ihren Namen schon wieder vergessen…" *„Gruber…" „Und wo hast du das jetzt gelesen?"* Er schnitt eine Grimasse. *„Hast du gestern Abend erwähnt…" „Und ein tolles Gedächtnis hast du auch... Bemerkenswert! Ein richtiger Vorteil."* „Hey, ich *habe es geschafft, dich zu verarschen! Du hast es nicht erwähnt, aber es gibt nur eine Immobilienmaklerin in der Nähe und die heisst Gruber!"* Ich boxte ihn spielerisch in die Seite.

„Hier ist es!", meinte er wenige Schritte später, als wir vor einem grossen Gebäude standen. „Hier?", fragte ich erschüttert. „Das sieht nicht sehr einladend aus!" „Vielleicht fragst du sie mal, ob du ihr Layout gestalten kannst?" Ich lächelte. „Vielleicht kommt sie mir dann auch mit dem Preis entgegen?" „Viel Glück!", wünschte er mir und küsste mich auf die Wange.

„Guten Tag, Frau Gruber. Mein Name ist Jana Sommer, ich komme wegen der freien Büroräume." Frau Gruber war eine Frau mittleren Alters, hatte die braunen Haare locker nach hinten gebunden, ein freundliches Lächeln auf den Lippen und schien kaum auf mich vorbereitet zu sein, was mich ehrlich gesagt aufatmen liess. „Wissen Sie was, ich hatte Sie erst gegen vier erwartet, aber ich habe mich gründlich im Zeitplan vertan, scheint es. Geben Sie mir zwei Minuten und ich gehöre ihnen." Ich nickte lächelnd. „Ich komme aus Dublin, wenn ich dort einen gleichartigen Termin gehabt hätte, wäre ich wahrscheinlich eine halbe Stunde zu spät gekommen und die Immobilienmaklerin hätte mir auch dann noch gesagt, ich sei zu früh." Frau Gruber lachte befreit. „Ja, wir Schweizer sind eigentlich pünktlich. Fällt es Ihnen schwer, sich umzustellen?" Ich schüttelte den Kopf. „Ich habe ja schon einmal hier gewohnt und bin hier aufgewachsen. *Ich* war es immer, die in Dublin zu früh dort stand. Ich konnte mich nie an diese Lebensweise gewöhnen, deshalb bin ich wahrscheinlich auch wieder hier gelandet…"

Frau Gruber war dann soweit und wir verliessen gemeinsam das Büro und liefen ein paar Strassen weiter, wo eine ganze Reihe Büroräume frei war. *„Du wirkst erstaunt. Darf ich raten, wo du bist?" „Rate mal…" „Ich glaube, es ist da, wo*

es so viele freie Büroräume gibt. Rue de Saint-Jean?"
„Verdammt, woher wusstest du das?" „Geheimnis... Nimm
dort sicher kein Büro, der Ort ist total unbeliebt, frag mich
nicht wieso, hat sich wohl so entwickelt." „Sag mal", em-
pörte ich mich, „hast du nichts zu tun? Ich habe mir das
Büro noch nicht einmal angesehen." Er lachte. *„Tut mir*
leid. Männlicher Übereifer..."

„Gefällt Ihnen die Lage?", wollte Frau Gruber wissen. „Sie
ist nicht schlecht." *„Nicht schlecht? Sie ist dramatisch!",*
kreischte er theatralisch. „Halt die Klappe, ich kann nicht
so unhöflich sein!"

Frau Gruber zeigte mir die Büroräume, doch sie gefielen mir
definitiv nicht, es war einfach zu dunkel, so konnte ich auf
keinen Fall arbeiten. *„Gute Wahl!",* pflichtete mir Andreas
bei. Langsam ging er mir richtig auf die Nerven – er sollte
mir lieber sagen, wo es denn *gute Büroräume* gab. *„Schön,*
dass du so ehrlich zu mir bist...", grinste er. *„Frag mal*
nach Rue Philippe Plantamour, die ist sehr beliebt. Liegt
schön am See, fantastische Aussicht, für Kunden zugänglich,
aber du müsstest schon was dafür springen lassen."

„Ich habe gehört, dass es in Rue Philippe Plantamour freie
Räume geben soll...", wandte ich vorsichtig ein. Frau Gruber nickte. „Wollen Sie diese sehen? Ich hätte sonst noch ein

paar Angebote wenige Strassen weiter." *„Geh zu Rue Philippe Plantamour, alles andere lohnt sich nicht. Und wenn es dir zu teuer ist, kannst du immer noch das andere ansehen..."* Irgendwie war ich froh, dass Andreas für mich entschied, irgendwie war heute nicht der Tag der Entscheidungen, jedenfalls nicht für mich. „Rue Philippe Plantamour", sagte ich also. *„Wieso hörst du eigentlich alles, was wir hier besprechen? Du hörst doch sonst nicht alles, oder?"* Ich merkte, wie er ins Grübeln kam. *„Das ist eine gute Frage..."* Er verstummte. *„Ich glaube, es liegt daran, dass du* willst, *dass ich dabei bin. Ich kann es mir nicht anders erklären. Ich* spüre *es irgendwie."*

Frau Gruber und ich fuhren in die Rue Philippe Plantamour und ich fühlte mich sofort wohl, es war viel heller und freundlicher hier und lag fast direkt am Seeufer. Ich träumte schon davon, die Zeit mit dem Bewundern der tollen Aussicht zu verbringen, da nannte mir Frau Gruber den Preis und ich schluckte leer. *„Zu viel?",* fragte Andreas vorsichtig. *„Weit mehr als ich dachte..."*

Sie brachte mich in die einzelnen Räume und ich war total hingerissen. Es war wunderbar gross und hell, ich hätte am liebsten laut „Ja!" geschrien, doch ich riss mich zusammen. *„Es sind 4000 mehr als ich ausgeben wollte",* sagte ich *zerknirscht. „4000 tun weh, das stimmt. Liegt es am Prinzip, oder* kannst *du das Geld wirklich nicht ausgeben und* brauchst *es?" „Es ist das Prinzip, oder?", fügte Andreas gleich darauf sicher an.* Ich nickte. *„Dann gib dir einen Ruck, so schöne Räume kriegst du in ganz Genf nicht mehr! Und wenn du willst, dann lade ich dich die nächsten, was sag ich, den Rest deines Lebens in den Starbucks ein, bis du die 4000 wieder drin hast, okay?"* Ich musste lächeln. *„Du bist süss..." „Danke – gern geschehen."* Er lachte laut. *„Sag mir, dass du noch nie so viel gelacht hast bei der Arbeit."* Er nickte. *„Stimmt wirklich! Eigentlich zum Heulen..."*

„Frau Gruber?", rief ich laut. *„Gott, willst du mein Gehör vernichten?"* „Ja bitte, haben Sie sich entschieden?" „Ich nehme es, ja...", meinte ich, ohne auf Andreas' Einwand einzugehen. „Welches?", wollte sie wissen. „Das mit dem Aussenbalkon." „Gute Wahl – sie sind nämlich alle gleich teuer. Da haben sie einen echten Glücksgriff gemacht." Ich übermittelte Andreas das Bild von dem Raum, der grosse Glasscheiben hatte, die den Aussenbalkon abtrennten. Aussen sah man den See, der Raum war so gelegen, dass der Balkon um die Ecke ging und man den See von beiden Seiten aus sehen konnte. Unten dran lag der Quai du Mont

Blanc, wo reges Treiben herrschte. *„Sieht toll aus!", freute sich Andreas. „Das wirst du nicht bereuen, vermute ich." „Ich hoffe nicht", meinte ich. „Und wenn doch, dann mache ich dich dafür verantwortlich, versprochen!" „Ich habe das Gefühl, das meinst du todernst..." „Tut mir leid. Eigentlich nicht. Ich bin nur nervös, ich meine, es ist so definitiv. Ich glaube, wenn du hier etwas verkaufen willst, dann kann das eine Weile dauern, bis du es wirklich los bist..."* Es blieb kurz still, dann brach ich die Stille erneut: *„Ich weiss schon genau, wie ich es einrichten will und ich fange noch heute Nachmittag an. Und ich lasse dich jetzt endlich wieder arbeiten!" „Du inspirierst mich!", lachte er. „Wir sehen uns..." „Oder hören uns..."*

Nachdem ich mit Frau Gruber alle Formalitäten erledigt hatte und sie mich beglückwünscht hatte, fuhr ich direkt nach Hause, um meine Kartons mit den Arbeitssachen aus Dublin zu holen. Es war gegen fünf Uhr, als ich das erste Buch ins Regal stellte und begann, alles einzurichten.

Wenn man zur Tür hereinkam, lag auf der linken Seite das Bad mit Toilette, dann kam ein Tisch mit einer grossen Kaffeemaschine und einer Mikrowelle, dann ein riesiges Bücherregal und ein Schreibtisch mit Stuhl, der direkt an der Glasscheibe stand, sodass ich immer die Aussicht geniessen könnte. In der rechten Ecke würde ich eine Dunkelkammer einrichten für meine Fotos, die ein Teil meiner Grafiktätigkeit waren. An der rechten Wand stand ein Sofa, auf dem ich es mir in langen Arbeitsnächten gemütlich machen oder zumindest ausspannen könnte.

Ich freute mich unglaublich, meinen ersten Arbeitstag zu beginnen. Ich hatte schon Flugblätter vorbereitet, die meine Firma „Jana's graphics" ankündigen sollten und ich hoffte, dass sie meinen Start etwas erleichtern würden.

„Es sieht toll aus, aber ich muss es unbedingt noch selbst sehen..." Ich stimmte Andreas zu, ich war wirklich zufrieden mit dem Ergebnis. *„Kannst du dir vorstellen, dass ich in jeder einzelnen Minute bei dir war und mein Auge miteingerichtet hat?"*, wollte er wissen. *„Ich kann es kaum glauben, dass so etwas möglich ist!"*, rief er ausser sich. Ich konnte es selbst nicht glauben, ich spürte nicht einmal zu Fabian eine solche Verbundenheit wie zu Andreas und Fabian kannte ich weitaus länger. *„Ich weiss, was du meinst..."*, sagte Andreas einfühlsam. *„Ich kenne Svenja seit Jahren, aber..."* Er stockte und es war das erste Mal, dass er sich unterbrach, dass er nicht weiter wusste, selbst in seinen Gedanken nicht. *„Ich habe das Gefühl, dich besser zu kennen, weil du mir so viel ähnlicher bist. Ich glaube, ich* weiss, *wie*

du fühlst und was du denkst.“ Ich lachte. *„Was ich denke, weisst du ganz offensichtlich...“* *„Du weisst, was ich meine, oder?“* *„Ja“*, antwortete ich nun eine Spur ernster.

Ich schloss die Tür zu meinem neuen Büro ab und fuhr zu unserer Wohnung zurück. Fabian würde wohl erst spät nach Hause kommen, es war sein erster Tag im Spital, wahrscheinlich wurde er auf Herz und Nieren geprüft. Also beschloss ich, meiner Schwester noch einen Besuch in der Bibliothek abzustatten; ich war ja bisher noch nicht dort gewesen.

Sie freute sich, mich zu sehen, doch sie war völlig erschöpft. „Hey Jana! Hast du einen Raum für dein Büro gefunden?“ Ich wusste, dass sie die Frage eine Sekunde später schon wieder vergessen haben würde, doch ich hatte Verständnis für sie. Es herrschte wirklich Betrieb hier. „Kann ich dir irgendwie helfen?“, fragte ich. Ihr war es nicht mal aufgefallen, dass ich ihre Frage nicht beantwortet hatte. „Ich hätte hier ein paar Medien, die du einsortieren könntest...“, nahm sie mein selbstloses Angebot sofort an. Ich schnappte mir also den ersten Stapel Medien, welcher hauptsächlich aus Büchern bestand und machte mich an die Arbeit. Es war wirklich eine schöne Bibliothek. Wenn man zur Tür hereinkam, sah man direkt auf ein DVD-Regal mit den neusten

Filmen. Wenn man weiter nach links ging, kam man zu einem grossen Schreibtisch mit zwei Computern und Stühlen. Durch grosse Fenster konnte man direkt auf die Innenstadt blicken. Im linken Teil standen etliche Bücherregale mit neuen, alten und fast schon antiken Büchern. Alle drei Wände waren mit Bücherregalen ausgestattet. So viele Bücher hatte ich in meinem ganzen Leben noch nicht auf einem Haufen gesehen, ich war überwältigt. Als ich mit den Büchern durch war, nahm ich den nächsten Stapel mit den Filmen. Ich würde sicher mal ein paar Filme ausleihen. Diese Auswahl war ein Traum. Musik war auch reichlich vertreten, es gab ein langes Regal, das sich über die Ecke schräg gegenüber dem Schreibtisch zog. Ich war bald fertig mit dem Einräumen der Medien und Svenja sagte, ich könnte im hinteren Zimmer gerne einen Kaffee nehmen, was ich dann auch tat. Kaffee war immer gut. Der hintere Raum lag direkt gegenüber der Eingangstür und war durch eine kleine Tür abgetrennt. Es gab dahinter nochmals zwei Türen, von welchen eine sicher in die Toilette führen sollte, doch ich landete natürlich in der Abstellkammer. „Was auch sonst?", grinste ich und nahm die andere Türe.

Als ich wieder raus gekommen war, war niemand mehr da. „Hast du geschlossen?", fragte ich überrascht. Svenja nickte.

„Es ist schon nach sechs." Ich stand hinter sie und massierte ihren Nacken. „Oh, das tut gut, danke!" Draussen begann es plötzlich, wie aus Strömen zu regnen, nichts, was noch einem Sommerregen geglichen hätte.

Plötzlich ging die Tür auf und Andreas kam herein. „Hey ihr zwei", grüsste er, noch ehe er uns sah. „Hey Schatz", sagte Svenja matt. „Geht es dir nicht gut?", fragte er besorgt. „War ein anstrengender Tag heute", meinte sie und liess sich von ihrem Verlobten einen zärtlichen Kuss geben. *„Du siehst auch nicht unbedingt toll aus…" „Fühl ich mich auch nicht"*, erwiderte ich. *„Ich bin total müde!"* „Soll ich dir einen Tee machen, Schatz?", erkundigte sich Andreas bei Svenja, doch sie stand gleich selbst auf und erklärte: „Danke, aber ich gehe schon selbst!" Bevor sie ging, umarmte sie Andreas fest und er hätte sie wohl nicht mehr losgelassen, wenn sie sich nicht irgendwann selbst gelöst hätte.

Ich hätte viel dafür getan, jetzt so eine Umarmung zu bekommen. Wo war Fabian? Ich wäre jetzt gerne in seinen beschützenden Armen gelegen. Andreas kam zu mir und drückte mich fest. *„Lass das, Svenja kommt gleich zurück!"* *„Vertrau mir!", forderte* er, also liess ich mich für einen Moment fallen. Es war ein unglaubliches Gefühl, Andreas zu umarmen. Ich fühlte mich ihm noch näher als zuvor, sofern dies überhaupt möglich war. Als ich spürte, dass er das gehört haben musste, war es mir ein bisschen peinlich. *„Tut mir leid!“, entschuldigte ich mich. „Schsch... Sei still! Spürst du das nicht?“* Ich spürte sehr wohl die Verbindung, die zwischen uns entstand, als hätten sich zwei Teile zu einem zusammengefügt. Ich löste mich irritiert und wich etwas zurück. Genau im richtigen Moment, denn nur eine Sekunde später kam Svenja zurück mit einer Tasse Tee in der Hand. „Du bist ja ganz nass vom Regen!“, tadelte sie Andreas. „Ich erkälte mich schon nicht“, lächelte er und zwinkerte ihr zu. „Kann ich noch etwas durch die Bücherregale stöbern?“, fragte ich Svenja unsicher, worauf sie mit dem Arm eine grosse Geste in Richtung Bücher machte: „Tob’ dich aus!“

Es schien mir eine gute Gelegenheit zu sein, die beiden alleine zu lassen. Abgesehen davon musste ich mich sowieso von der Situation eben erholen. Ich wusste nicht, ob ich stark genug für so etwas war. Zu allem Elend dazu fühlte ich mich jetzt allerdings wirklich besser, so als hätte mir Andreas etwas von seiner Energie gegeben. Als ich das dachte, war mir voll und ganz bewusst, dass er es gehört hatte, doch ich konnte meine Gedanken nun mal nicht zurückhalten. Man konnte nur Dinge nicht laut aussprechen, wenn man

wollte, doch einen Schalter mit dem man den Gedanken-
strom hätte ausschalten können, gab es leider nicht.

Anscheinend hatte Andreas' Umarmung bei Svenja nicht
gerade viel gebracht, denn als ich etwas später mit einem
Buch in der Hand, das ich mehr aus Zwang ergriffen hatte
und nicht weil es mich wirklich interessiert hätte, wieder zu
ihnen ging, sah Svenja nicht wirklich besser aus. „Ich glaube, ich gehe dann auch mal nach Hause", meinte ich leise.
„Nicht bevor ich dein Buch eingescannt habe…", lächelte
sie mit müden, glänzenden Augen. „Sag mir, wie es geht
und ich mache es selber", bot ich an, worauf sie mir zeigte,
was ich tun musste. „Da du Neukunde bist, muss ich dich
erst schnell registrieren." Sie zeigte auf ein Kästchen auf
dem Bildschirm und ich klickte darauf. Ich gab schnell meine persönlichen Angaben ein, bestätigte sie und scannte das
Buch ein. „Ist ja richtig einfach!", freute ich mich. „Seit
wann interessierst du dich denn für Mythologie?", fragte
Svenja überrascht. „Ich… na ja… öfters mal was Neues?"
„Ach ja?" Andreas war mehr als belustigt. „Kommt, wir
gehen nach Hause!", beschloss Svenja kurz darauf.

Als ich zu Hause ankam, war Fabian immer noch nicht da. Es war schon gegen neun, langsam sollte er doch zurück sein. In so einem Moment wäre es praktisch gewesen, wenn ich mit *ihm* so hätte kommunizieren können wie mit Andreas.

Kaum hatte ich diese Worte gedacht, hörte ich auch schon, wie Fabian die Türe ins Schloss fallen liess. „Fabian!", rief ich erfreut und warf mich in seine Arme. „Hey Schatz!", erwiderte er und küsste mich innig. Ich war so froh, ihn so nah bei mir zu haben, dass ich zu schluchzen begann. Er liess seine Taschen fallen und fragte besorgt: „Was ist los, Jana?" „Es ist nichts… ich freue mich nur so, dass du hier bist!", sagte ich weinerlich. Wieder wurde ich von einem Schluchzer geschüttelt; Fabian drückte mich fest an sich, strich über mein Haar und meinte: „Du glaubst gar nicht, wie sehr ich mich freue, dich wieder bei mir zu haben. Der Tag heute war verrückt." Nach einer Weile hatte ich mich wieder beruhigt, doch Fabian liess mich nicht mehr los, was mir sogar recht war. Ich liebte ihn so sehr wie am ersten Tag und wollte gar nicht, dass er mich jemals wieder los liess.

„Erzähl mir von deinem Tag", bat ich ihn heiser, als er später das Abendessen ass, das ich ihm gekocht hatte. Es machte mich irgendwie traurig, dass ich es nicht schon wusste.

Bei Andreas war es anders, ich kannte jede Minute seines Tages, ohne ihn wirklich danach gefragt zu haben. Ich hätte vieles dafür gegeben, wenn ich nur einmal so eine Verbindung zu Fabian gehabt hätte, wie ich zu Andreas hatte. Ich war froh, dass Andreas nichts dazu sagte. Ich wollte mit meinen Gedanken alleine sein und er schien es voll und ganz zu respektieren. Ich fragte mich, wieso ihn nicht dieselben Gedanken quälten. Ihm musste es doch genauso gehen mit Svenja. Aber vielleicht hatte ich mich ja auch geirrt und er hörte meine… *„Mir geht es genauso"*, erlöste mich *Andreas von meinen Fragen. „Aber vielleicht wäre das auch ein Nachteil in einer Beziehung – vielleicht wäre es einfach* zu viel *Nähe."* Von dieser Seite hatte ich es bisher noch gar nicht betrachtet. Ich lächelte Fabian an, vielleicht hatte Andreas ja Recht?

Wenn ich zu viel von ihm wüsste, wäre das nicht ein weiterer Anreiz für Eifersucht? Ich beschloss, das Thema beiseite zu legen und horchte auf Fabians Worte: „Das Spital ist sehr schön, meine Kollegen sind wirklich nett, aber du kannst dir nicht vorstellen, wie sehr die mich schon am ersten Tag auf Herz und Nieren geprüft haben…" „Lass mich raten", hauchte ich in sein Ohr, „du hast mit Brillanz bestanden?" Er lächelte und genoss meine sanften Nackenberührungen:

„So ungefähr, ja. Der Chefarzt hat mich schon für diverse Routineoperationen eingeschrieben, ich glaube, vor Weihnachten siehst du mich nicht mehr zu Hause…" Ich sah ihn nachdenklich an. „Das würde ich nicht überleben", sagte ich ernsthaft. Er ergriff meine Hände und zog mich zu sich hinunter. „Das war auch ein blöder Scherz!", beruhigte er mich. Er sah mich mit einem Blick an, der mich wissen liess, dass er verstanden hatte, wie sensibel ich heute war und der gleichzeitig so entschuldigend war, dass er mir schon fast leid tat.

Kapitel 5

Als ich am nächsten Morgen meinen ersten richtigen Arbeitstag antrat, war ich richtig optimistisch. Ich machte mich mit meinem Büro vertraut und genoss erst einmal die schöne Aussicht mit einem Kaffee. Gleichzeitig spürte ich allerdings den Stress, den Andreas gerade hatte. Es war irgendwie irritierend, sich eigentlich gut zu fühlen, entspannt zu sein und dennoch das eigenartige Gefühl zu haben, gestresst zu sein. *„Bei mir ist die Hölle los!", klagte Andreas. „Kopf hoch!", ermutigte ich ihn und sog den Kaffeeduft tief ein. „Riecht lecker", meinte er sehnsüchtig. „Ich wäre jetzt gerne bei dir...", gab er zu.* Ich lächelte. *„Das wäre toll",* murmelte ich. *„Ich muss mich jetzt leider wieder konzentrieren", entschuldigte er sich. „Es ist wirklich die Hölle los..." „Ich bin bei dir", verabschiedete ich mich. „Ich weiss. Ich spüre es."*

Kurz danach klingelte das Telefon. Ich fuhr überrascht hoch, mein erster Kunde? „Jana's graphics, was kann ich für Sie tun?" „Hey, ich bin's Svenja..." Ich konnte meine Enttäuschung kaum verbergen, worauf sie etwas perplex war. „Tut mir leid, ich dachte nur... ich hätte meinen ersten Kunden." Ich war etwas niedergeschlagen. „Ich wollte gerade fragen, wie's läuft. Wollen wir zusammen zu Mittag essen?", versuchte sie mich aufzuheitern, doch ich lehnte ab: „Ich glaube, ich bleibe über Mittag hier, falls jemand anruft." Sie seufzte: „Ja, das kann ich verstehen…"

Wir sprachen noch über dies und das, dann verabschiedeten wir uns auch schon wieder.

Kaum hatte ich aufgelegt, klingelte das Telefon schon wieder. „Jana's graphics, was kann ich für Sie tun?" „Guten Tag, Berger mein Name, ich rufe im Auftrag der Firma Neumann an." Bingo, das war mein erster Kunde. „Wir haben Ihre Flugblätter gesehen und sind von Ihrer Arbeit mehr als begeistert!" Herr Berger lachte. „Das freut mich natürlich sehr, vielen Dank!" „Ich wollte Sie fragen, ob wir bei Ihnen unsere Firmenshirts gestalten lassen könnten? Es wären ungefähr 1000 Stück." „Ich… Natürlich. Können Sie mir ein paar Informationen über ihr Unternehmen zusenden? Nur damit ich mir in etwa vorstellen kann, in welche Richtung meine Ideen gehen sollten." Er lächelte und stimmte dann zu. Ich gab ihm meine Mailadresse, Fax- und Telefonnummer, damit er mir die nötigen Informationen schicken konnte. „Vielen Dank, Herr Berger!", bedankte ich mich freundlich und beendete das Telefonat.

Ich machte mich sofort an die Arbeit, als ich die Unterlagen von Herrn Berger bekommen hatte. Nach kurzer Zeit hatte ich schon etliche Entwürfe auf meinem Schreibtisch liegen. Ich schaute kurz auf die Uhr und war überrascht, dass eins schon vorbei war. Mein Magen machte sich knurrend bemerkbar. Vielleicht sollte ich doch eine kurze Pause einlegen und mir ein Sandwich holen gehen. Im selben Moment, in dem ich diese Gedanken hatte, klingelte es an der Tür. Ich wusste sofort, dass es Andreas war. Wieder einmal mehr war ich über die Intensität, mit der ich seine Präsenz spürte, mehr als verblüfft. „Ich wollte mir kurz dein Büro ansehen, hier ist etwas zu essen für dich!", sagte er knapp zur Begrüssung und widmete sich dann der Betrachtung des Raumes selbst. „Danke", erwiderte ich ebenso knapp. „Woher weisst du, dass ich Hunger habe?" „Intuition", lächelte er. „Allerdings männliche Intuition – es ist Mittag…" Er zwinkerte mir zu. „Dein Büro ist toll!", meinte er begeistert und betrat den Balkon. Ich machte zwei Tassen Kaffee und folgte ihm dann nach draussen. Er bedankte sich lächelnd. *„Ich fliege Morgen für eine Woche nach Portugal…", sagte er leise.* Ich hob abrupt den Kopf. Ich wusste, dass er mir irgendwie fehlen würde, obwohl es falsch war, so etwas überhaupt nur zu denken. *„Du wirst mir auch fehlen. Aber wir bleiben so* *oder so in Verbindung."* Ich schmunzelte; wieder einmal hatte er Recht. *„Was ist mit dir?", fragte ich.* Ich spürte, dass etwas nicht in Ordnung war. „Nichts… ich meine, es ist blöd, aber ich kann es nicht ändern." *„Was kannst du nicht ändern?"* Ich war verwirrt. *„Eigentlich hätte ich nach Irland fliegen sollen, um mehr über Sir Medley zu erfahren – dieses grosse Firmentier, das meiner Meinung nach krumme Dinge dreht. Ich glaube, die Sache ist verdammt heiss! Doch sie haben Fischer darauf angesetzt, es gab keinen Grund dafür. Er ist gut, keine Frage, aber…"* „Nicht so gut wie du", erklärte ich. *„Wenn ich so etwas als Journalist aufdecken könnte, wäre das das Grösste überhaupt für mich…"* „Und das Gefährlichste überhaupt", flüsterte ich leise. Er legte den Arm um meine Schulter und drückte mich an sich: „Nicht so gefährlich wie die Queen zu beschützen…"

Wir beschlossen, da es Andreas' letzter Abend hier in Genf war vor seiner Reise nach Portugal, alle vier zusammen in einem kubanischen Restaurant essen zu gehen.

Als ich nach Hause kam, war Fabian dabei, die Einkäufe einzuräumen. „Worauf hast du Lust, Schatz?", erkundigte er sich und küsste mich zur Begrüssung.

„Wir gehen essen…", verkündete ich fröhlich. Er blickte mich fragend an, doch ich grinste nur: „Endlich können wir einmal zu Salsa tanzen!" Er wurde von meiner Begeisterung angesteckt. „Okay, jetzt gleich?" Ich nickte. „Svenja und Andreas kommen auch mit." Sein Gesichtsausdruck veränderte sich etwas, doch ich konnte nicht erkennen, was in ihm vorging. Etwas später des Abends fanden wir uns dann alle im Restaurant ein; Andreas und Svenja waren bereits da und hatten schon einmal einen Aperitif bestellt. *„Das war eine fantastische Idee von dir", begrüsste mich Andreas sogleich,* kaum waren wir da. *„Ich bin Grafikerin…", lächelte ich, „Gute Ideen sind mein Job."* „Hey Schwesterherz", begrüsste mich Svenja lächelnd und umarmte mich fest.

„Hast du schon einen ersten Kunden?", hakte sie nach, nachdem wir uns gesetzt hatten. Ich nickte freudig. „Herr Berger von der Firma Neumann. Er hat mir gleich 1000 Shirts in Auftrag gegeben. Glücklicherweise beschränkt sich mein Part auf die Gestaltung und nicht auf die Produktion…" Die anderen mussten lachen. „Die Musik hier ist toll", meinte Fabian etwas später. „Tanzt du gerne Salsa?", wollte Svenja wissen, worauf Fabian verneinte. „Eigentlich nicht, aber Jana bringt mich immer wieder dazu…" Er küsste mich liebevoll auf den Hals. „Und eigentlich ist dieser

Tanz ja voller Leidenschaft, da kann ich ihn dann doch nicht hassen, das würde doch gegen jedes Prinzip gehen." *„Da hat er Recht",* grunzte Andreas. *„Gegen jedes männliche Prinzip…"* Ich schmunzelte, weil ich genau wusste, dass Andreas Salsa liebte. Noch ehe ich heute Nachmittag die Idee gehabt hatte, hatte ich schon genau gewusst, dass er begeistert davon sein würde. Er nickte mir zu. Ich bemerkte Svenjas leicht skeptischen Blick. Sie fragte sich wohl gerade, ob sie irgendetwas verpasst hatte, da sie unser Nicken nicht einordnen konnte. *„Wir sollten uns auf das Gespräch hier am Tisch beschränken",* sagte ich leise. Er hatte Svenjas Blick vor Augen, denselben, den ich vorher gesehen hatte und ihm telepathisch gesandt hatte, und er stimmte mir zu.

„Was macht deine Arbeit, Andreas?", versuchte ich, eine beiläufige Frage zu stellen. Es war absurd, ich wusste, was seine Arbeit machte. Er lächelte mich an. „Es läuft gut. In Portugal werde ich genügend Zeit haben, die Brunner-Reportage zu beenden und nebenbei sollte ich mich der dort aktuellen Demonstration widmen, Artikel schreiben, Fotos knipsen und so weiter…" Eigentlich hasste ich es wie die Pest, wenn mir jemand etwas zweimal erzählte, doch bei Andreas musste ich wohl oder übel eine Ausnahme machen.

Er lachte laut los. Verdammt, er hatte mich wieder mal gehört. *„Verdammt, mit ihren Gedanken bringt sie mich immer wieder in peinliche Situationen. "* Svenja sah ihn kritisch an. „Was ist los, Schatz?“ Er rang eine Weile mit den Worten. Ich hörte, wie er sich etwas Passendes ausdenken wollte und dann plötzlich sagte: „Der Kellner ist gerade über den Teppich gestolpert und hat sich flach auf den Boden gelegt.“ Er lachte noch mehr, so als wollte er seine Worte bestätigen, doch ich wusste, dass es gelogen war. *„Du musst dringend an deiner Glaubhaftigkeit arbeiten… Auch wenn sie dir das einfach so abnehmen. "* „Seit wann machst du dich denn über arme Leute lustig, die stolpern?“, fragte Svenja im vollen Ernst. „Tut mir leid, Schatz!“, entschuldigte sich Andreas sofort. „Es war ein langer Tag, ich…“

Ich ergriff Fabians Hand, was ihn tief aus seinen Gedanken holte. Er blinzelte mich mit seinen weichen braunen Augen an. Ich beugte mich zu ihm hinüber und flüsterte leise: „Bereit für unseren Tanz des Abends?“ Er lächelte. „Was hältst du von dem Vorschlag, dass ich meine Kräfte für später aufhebe?“ Er küsste mich leidenschaftlich. Ich nickte widerwillig: „Okay… Und wehe, du schläfst vor mir ein!“ Er fuhr mit seinen Fingern über meine Lippen. „Dann darfst du mich eigenhändig vor die Tür setzen", murmelte er zurück, worauf ich grinsen musste.

„Fabians Beine sind zu müde, um mit mir zu tanzen", teilte ich Svenja mit. „Kann ich verstehen nach so einem Tag im Krankenhaus", meinte sie. „Möchtest du tanzen?", fragte Andreas plötzlich und ich war das erste Mal überrascht, dass ich nicht vorher gewusst hatte, was er vorhatte. „Okay", sagte ich etwas verwirrt. Andreas drückte Svenja noch einen Kuss auf die Lippen, dann führte er mich an der Hand zur Tanzfläche. Sie spielten gerade das Lied „Represent Cuba"; Andreas drehte mich aus und zog mich wieder an sich. Dann begannen wir, uns zu den Rhythmen zu bewegen. Wir dachten beide nichts, wir waren ganz im Bann der Musik, sodass wir gar nichts anderes denken *konnten*. Mein Kleid wirbelte herum, Andreas zog mich an sich, drehte mich aus, zog mich an sich, drehte mich wieder aus. Kaum hatte das Lied geendet, kam schon das nächste: „Do You Only Wanna Dance". Unser Tanz war voller Intensität, wir lebten unsere Bewegungen und machten uns absolut keine Gedanken um die Geschehnisse um uns herum.

„Es ist beeindruckend, wie gut die beiden miteinander klar kommen...", meinte Svenja zur selben Zeit zu Fabian, der uns mit einem Blick musterte und dann nickte. „Ihr seid erst seit ein paar Tagen hier, es ist irgendwie…" „Beängstigend", ergänzte Fabian. Svenja nickte und er fuhr fort: „Wir kennen uns ebenso lange, doch ich weiss praktisch nichts von dir. Bei ihnen habe ich jedoch das Gefühl, dass sie sich schon seit Jahren kennen." Sie strich sich eine Haarsträhne aus dem Gesicht und nahm ihr Glas Prosecco zur Hand. „Na dann lernen wir uns doch mal besser kennen", sagte sie feierlich und die beiden stiessen an.

Als das nächste Lied endete, hatte mich Andreas näher zu sich herangezogen und wir sahen uns intensiv in die Augen. Er liess mich zögernd los, warf einen schnellen Blick zu den anderen rüber und atmete sichtlich auf. *„Haben sie uns gesehen?", wollte ich wissen.* Ich wagte es nicht, zu dem Tisch zu sehen, an dem Svenja und Fabian sassen. *„Den Schluss nicht."* Ich lächelte, war wahrscheinlich besser. Andreas drückte nochmals kurz meine Hand, dann liess er mich los. *„Danke für den Tanz."* Seine Augen blitzten mich an. *„Es war unglaublich!", gab ich zu.*

Wir setzten uns zurück an den Tisch, gerade rechtzeitig, da der Kellner den Nachtisch brachte: Tiramisu, was eigentlich so gar nicht in ein kubanisches Restaurant passte. Ich trank mein Glas Wasser in einem Zug aus und stellte es kichernd zurück. „Tanzen ist anstrengend", stöhnte ich erschöpft. „Deshalb mache ich es auch nicht gerne...", erklärte Svenja. *„Da verpasst sie aber Welten!", tadelte Andreas in Gedanken. „Aber hallo."*

Als Fabian kurz nach dem Nachtisch zögernd meine Hand ergriff, merkte ich, dass er sich nicht mehr wohl fühlte. „Wollen wir gehen?", fragte ich leise, worauf er nickte.

Auf dem ganzen Nachhauseweg sagte Fabian nichts, er schien tief in Gedanken versunken zu sein. „Was ist los?", fragte ich vorsichtig. Er blickte vom Lenkrad auf und musterte mich nachdenklich. Er sagte nichts, doch irgendwie wusste ich, was ihn beschäftigte. Das Thema aber offensichtlich anschneiden wollte ich dann doch nicht. „Ich...", begann er und brach dann ab. „Ihr... ich meine, was ist das zwischen dir und Andreas?" Ich schluckte leer, ich hatte nicht gedacht, dass er seine Gedanken schon so weit gesponnen hatte. „Was meinst du damit?", hakte ich nach. Ich musste ja nicht unbedingt so tun, als wüsste ich genau, wovon er sprach. „Ihr... seid euch so vertraut, als ob ihr euch schon Jahre kennen würdet, aber wir sind doch erst ein paar Tage da, noch nicht einmal eine Woche. Ihr habt euch ein paar Mal gesehen, doch…" Er brach erneut ab und schwieg. Wie sollte ich ihm das nur erklären? War jetzt nicht der Moment, in dem ich ihm die Wahrheit sagen sollte? Dass ich in Andreas meinen Seelenverwandten gefunden hatte, dass er meine *zweite Hälfte* war? *„Tu es nicht"*, ermahnte mich *Andreas plötzlich. „Nicht jetzt. Wir sollten einen besseren Moment abwarten und es ihnen in aller Ruhe erklären, sodass wir es ihnen beweisen können."* Ich nickte. „Ich weiss nicht…", stammelte ich. „Vielleicht liegen wir einfach auf derselben Wellenlänge. Wenn wir miteinander sprechen, habe ich das Gefühl, dass er genau versteht, was ich meine, ohne dass ich es lange erklären muss." „Muss ich mir Sorgen machen?", fragte er mit leicht zitternder Stimme. Mittlerweile standen wir in der Garage, Fabian hatte den Kopf in seine Hände gestützt und sich über das Lenkrad gelehnt. Ich beugte mich sofort zu ihm hinüber und strich mit meinen Fingern über sein Kinn. Ich schüttelte heftig den Kopf. „Ich liebe dich über alles…", begann ich. Seine Augen sahen mich traurig an. „Ich weiss, es ist blöd von mir, aber ich… Ich habe einfach Angst, dich zu verlieren." Er senkte beschämt seinen Kopf. Ich drückte ihm einen Kuss auf die Schläfe. „Du wirst mich niemals verlieren, hörst du?" Meine Hände fuhren an seinen Hals und ich zog ihn nah an mich.

Verdammt, wieso musste das Ganze so kompliziert sein? Irgendwie war ich froh, dass Andreas Morgen für eine Weile verreiste, dann konnten sich die Wogen glätten, bis er wieder da war.

Ich spürte richtig, wie Andreas mir dabei zustimmte, auch wenn er sich Mühe gab, nichts zu mir zu sagen. Jetzt hatte ich einen handfesten Beweis dafür, dass Männer auch taktvoll sein konnten und wussten, wann es besser war, zu schweigen.

Kapitel 6

Kaum hatte ich am nächsten Morgen die Augen aufgeschlagen, hörte ich auch schon Andreas: *„Gut geschlafen?"* Ich musste mich erst besinnen, ehe ich mich orientieren konnte. Ich war in meinem Bett, alles war in Ordnung. Andreas lachte schallend. *„Bist du schon im Flugzeug?",* wollte ich *schlaftrunken wissen,* doch im selben Moment nahm ich wahr, wie glücklich und zufrieden er war. *„Besser…",* feixte *er.* Ganz plötzlich wusste ich, wo er war, ich merkte, wie mein Körper seine Stimmung aufnahm und roch den Salzgeruch des Meeres. *„Ich glaub es nicht – du sitzt am Meer und willst mich damit aufziehen, dass ich heute arbeiten muss… Weisst du was, es gibt wirklich Dinge, die sollten einem erspart bleiben, ich meine, du könntest wirklich taktvoller sein!" Er grunzte. „Tut mir leid." „Ha, so viel zu ‚man merkt sofort, wenn der andere lügt', jaja…" Ich konnte sehen, wie er den Kopf schief legte und mit Dackelblick in die Ferne sah. „Bist du mir böse?" Ich sah richtig, wie er sich zusammenreissen musste, um nicht loszulachen; ein wirklich ernster Gesichtsausdruck gelang ihm nicht. „Schuft!",* schimpfte ich lachend. *Er stimmte fröhlich in mein Lachen ein. „Aber ist es nicht toll, wenn du die Augen schliesst und* *das Meer rauschen hörst, den Salzgeruch in der Nase hast und dem ganzen Arbeitsstress entfliehen kannst? Einfach ein paar Minuten Urlaub...*" Er hatte Recht und auch wenn ich versuchte, ihm das nicht zu zeigen, so misslang es mir. Er grunzte schon wieder. "*Du und deine Prinzipien...*" Ich war sozusagen gezwungen, ihm immer die Wahrheit zu sagen, was war mit Geheimnissen? Oder gar peinlichen Geschichten? *Er grinste. "Daran musst du dich wohl gewöhnen... Ausserdem weisst du auch schon etliche Geheimnisse von mir.*" Ich nickte. Wie er beispielsweise als Teenager für seine attraktive Lehrerin geschwärmt hatte und wie er sich in jeder Stunde ausgemalt hatte, wie es wohl sein würde, sie endlich zu küssen. "*Hör auf!*", *flehte Andreas gequält.* Ich lachte. "*Immer daran erinnert zu werden, macht das Ganze nicht besser, was?*", *neckte ich ihn frech.* "*Eins zu null für dich, aber warte nur, Revanche folgt...*" Ich machte eine wegwerfende Handbewegung. Sollte mich das etwa beeindrucken?

Ich hob die Kaffeetasse an meine Lippen und trank einen Schluck, in der vagen Hoffnung, endlich wach zu werden. "*Gott, bist du ein Morgenmuffel!*", *seufzte Andreas.* "*Du musst ja gerade was sagen*", murmelte ich zwischen zwei Schlucken. Er zog den linken Mundwinkel hoch. "*Ha...*"

Ich musste zugeben, dass mir Andreas in dieser Woche mehr fehlte, als mir lieb war. Irgendwie hatte ich das Gefühl, ohne ihn nur halb da zu sein. Als er mich damals umarmt hatte, als ich einen miesen Tag hinter mir gehabt hatte, war ich zu einem Ganzen geworden, wie dämlich das auch klingen mochte. Er hatte mir meine verlorene Kraft wieder gegeben und mir, so selbstlos, wie ich es bisher bei keinem Mann erlebt hatte, seine Energie gegeben. Doch ich wusste, dass es ihm auch nicht gut ging, wenn mir etwas fehlte, deshalb zeugte es wahrscheinlich nicht einmal von riesiger Selbstlosigkeit. Nur bisher hatte ich es noch nicht erlebt, dass es *ihm* schlecht ging, ich konnte also nicht einmal aus Erfahrung sprechen.

Ich schreckte aus meinen Gedanken hoch, als das Telefon klingelte. „Jana's graphics. Was kann ich für Sie tun?“ „Hi... ich bin's“, erwiderte eine bekannte Stimme sofort. „Na, wie geht's?“ Die Stimme meiner Schwester klang ungeduldig und drängte nur so darauf, mir etwas zu erzählen. Ich hörte es an ihrem veränderten Tonfall und der Fröhlichkeit, wenn sie sprach, also fragte ich: „Was ist los?“ „Ich...“, begann sie, brach dann aber ab, so als wollte sie die Spannung hinauszögern. „Na los, sag schon!“, forderte ich

sie, von ihrer Heiterkeit angesteckt, auf. „Schwanger!",
piepste sie plötzlich, worauf sofort ein Lachen auf mein
Gesicht trat. „Was?" Ich konnte es kaum glauben. „Ich – bin
– schwanger!", betonte sie jedes einzelne Wort. „Ich freue
mich so für dich, für euch! Oh mein Gott, das ist ja der
Wahnsinn!"

Ich ertappte mich dabei, wie ich vom Stuhl aufgesprungen
war. Svenja sammelte sich wieder und meinte dann: „Und
du weisst ja, wie sehr ich es mir gewünscht habe." Ich nickte. So viel wusste ich von meiner Schwester gerade noch,
auch wenn ich sonst nicht allzu sehr im Bilde über ihr Leben
war. „Ich werde es Andreas aber erst sagen, wenn er wieder
da ist… Es soll eine Überraschung werden." Sollte ich jetzt
immer an blau denken anstatt an schwanger? Ich hatte noch
keine Ahnung, wie ich ihm das verheimlichen sollte. *„Du
solltest mir auch nichts verheimlichen"*, meldete sich da
plötzlich Andreas. *„Irgendwann finde ich es so oder so heraus… Du bist so aufgeregt, was ist los? Ist irgendetwas
Tolles passiert?" „Blau, grün, gelb, violett, pink, orange,
olivgrün, sonnengelb, ultraviolett, braun, schwarz…" „Hör
auf damit!"*, rief Andreas ernst. *„Was ist passiert?"*
„Jana, bist du noch dran?" Ich war froh, dass Svenja mich
ablenkte, dann konnte ich an etwas anderes denken. *„Sprich*

mit mir!", forderte Andreas weiter. „Ja, na klar", antwortete ich Svenja. „Ich bin so froh, dass Andreas in ein paar Tagen schon wieder da ist. Er wird sich freuen wie ein kleines Kind, da bin ich mir sicher!" Oh verdammt, ich musste mir wirklich Mühe geben, ihm das zu verschweigen. *„Jana! Was ist los? Gibt es ein Problem? Muss ich nach Hause kommen?" „Es gibt kein Problem",* versuchte ich ihm so gelassen wie nur möglich beizubringen. *„Aber was verschweigst du mir denn?",* wollte er wissen. *„Tu mir einen Gefallen und hör auf, mich zu löchern, Frauen müssen ihre Geheimnisse haben..." „Wenn es etwas mit dir zu tun hätte, dann wüsste ich es längst, doch es ist etwas anderes... Hm",* machte er. *„Okay...",* sagte er dann. *„Ich spüre, dass du nicht darüber reden willst, tut mir leid, ich bin eben manchmal zu neugierig und nicht gerade sehr taktvoll."* Ich lächelte schwach. *„Manchmal habe ich das Gefühl, mich selbst in dir wiederzufinden...",* gab ich zu.

„Jana? Ich habe irgendwie das Gefühl, ich störe dich... Bist du beschäftigt?" *Ja, mit Andreas' Gedanken, äffte ich,* doch dann schlug ich mir die Hand vor den Mund. *„Ich lass dich ja schon...",* grunzte er und verstummte dann ganz. „Entschuldige, ich bin etwas müde, aber wie wäre es, wenn wir uns heute zum Abendessen treffen? Bei uns zu Hause zu

Pizza mit dem kleinen Tischgrill? Weisst du noch, wie früher…“ Die Leitung blieb einen Moment still. „Ja… als Mam und Dad noch da waren.“ Ich nickte stumm. Sie waren bei einem Autounfall ums Leben gekommen, als ich dreizehn war und Svenja gerade mal zehn. Wir hatten danach mit einem Betreuer zusammengelebt, da man dachte, es wäre das Beste für uns, wenn wir uns in normaler Umgebung *erholen* konnten. Der Ausdruck „erholen“ schien mir dann doch etwas unpassend, doch was konnte man von einem unbeteiligten Erwachsenen, der auch noch mit der Justiz in Verbindung stand, anderes erwarten? Knapp auf den Punkt gebracht, karg, faktenbezogen und jegliche Emotionen beiseite lassend.

„Ich komm dann später vorbei und bringe Salat und Nachtisch mit, okay?“ „Bis dann, ich freu mich“, lächelte ich und drückte den Anruf weg.

Nachdem ich alles für die morgige Präsentation in der Firma Neumann durchgegangen war, schloss ich mein Büro ab und fuhr nach Hause in die Rue de Montchoisy. Kurz darauf allerdings verliess ich erneut die Wohnung, ging kurz beim Blumenladen vorbei und anschliessend zum Friedhof. Es war eine Ewigkeit her, seitdem ich das letzte Mal hier gewesen war. Ich war gleich nach meiner Ausbildung zur Grafikerin nach Dublin gegangen, da musste ich zweiundzwanzig gewesen sein. Da ich zuerst eine kaufmännische Lehre begonnen hatte, mich dann aber nicht wohl gefühlt hatte und die Lehrstelle gewechselt hatte, hatte ich eher zum älteren Jahrgang gehört, der seinen Abschluss feierte. Danach wollte ich einfach nur noch weg. Es war total egoistisch gewesen, meine Schwester einfach hier zu lassen, doch sie drängte mich dazu, die Stelle, die sie mir in Dublin angeboten hatten, auch anzunehmen, also ging ich weg. Bereut hatte ich es nicht, bis heute nicht. Nur war ich jetzt auch wieder froh, hier zu sein, nach sechs Jahren in einer anderen Stadt.

Das Grab unserer Eltern sah sehr gepflegt aus; Svenja musste mehrere Male die Woche herkommen und sich darum kümmern, anders konnte ich es mir nicht vorstellen. Mam und Dad wären sehr stolz auf Svenja, wenn sie noch da wären. Nicht nur wegen der Blumen und allem, sondern weil man wirklich stolz auf sie sein konnte. Sie war ein guter Mensch und machte immer alles richtig. Ich dagegen hatte das Gefühl, *nichts* richtig zu machen und kam mir neben ihr manchmal richtig klein vor.

„Na du…" Meine Schwester betrat unsere Wohnung mit einem breiten Lachen auf dem Gesicht. „Ist Fabian noch nicht da?", wollte sie sogleich wissen, worauf ich den Kopf schüttelte. „Er ist in der Einarbeitungsphase, da nehmen sie ihn voll ran", erklärte ich achselzuckend. „Dann sind wir ja ganz unter uns", freute sich Svenja. Ich habe noch ein paar Filme dabei, vielleicht können wir ja später einen davon anschauen…" Svenja war richtig gut gelaunt und überhaupt nicht müde. „Du könntest einen Kaffee gebrauchen", stellte sie hingegen sachlich fest, als sie meine Augenringe sah. „Ich kümmere mich darum…", bot sie an, während sie mir den Stapel Filme in die Hände drückte und Richtung Tisch zeigte.

„Andreas kommt übrigens morgen zurück", rief sie über den Lärm der Kaffeemaschine hinweg. Ich musste mir Mühe geben, darüber überrascht zu sein, doch in Wahrheit wusste ich es schon längst und ich freute mich darauf, Andreas endlich wiederzusehen. Irgendetwas zog sich in mir schmerzhaft zusammen, wenn er so weit weg war. Ich fragte mich, wieso ich das Ziehen nicht schon eher verspürt hatte, ich meine, er musste mir ja auch gefehlt haben, als ich noch in Dublin gewesen war. *„Du fehlst mir auch, ich kann es kaum erwarten, dich in meinen Armen zu halten!" „Andre-*

as!", rief ich erstaunt. Ich hatte wieder einmal mehr nicht damit gerechnet, dass er meine Gedanken gehört hatte. Sofort hatte ich ein Lächeln auf dem Gesicht. *„Du glaubst gar nicht, wie gross meine Freude ist, wenn du lachst"*, meinte er. *„Es ist, als ginge meine innere Sonne ebenfalls auf... Ich fühle mich sofort gut, das ist ein verdammt irres Gefühl! Wow, das ist sogar besser als dieser ganze Cannabis-Scheiss, den ich in meinen Jugendjahren immer geraucht habe."* Er kugelte sich vor Lachen, so als hätte er gerade einen Jahrhundertwitz gebracht. „Hey, hast du dich für einen Film entschieden?" Svenja kam mit einer Tasse Kaffee zurück und stellte sie vor meine Nase. „Trinken!", wies sie mich an und grinste breit. „Ich will mich heute noch mit dir unterhalten…" *„Svenja ist bei mir, wir machen einen Frauenabend, na ja, bis Fabian zurück ist jedenfalls."* Andreas fuhr sich gedankenverloren über seine Kinnstoppeln. *„Was ist los bei dir?"*, fragte ich. Ich spürte, dass ihn etwas beschäftigte, nichts Schlimmes, aber es beschäftigte ihn. *„Nichts"*, antwortete er, doch ich wusste sofort, dass er log. *„Na schön"*, zischte er genervt. *„Mir geht die Sache mit Sir Medley nicht mehr aus dem Kopf, ich habe hier nichts zu tun, am liebsten würde ich jetzt sofort nach Irland fliegen und mir diesen Kerl vorknöpfen..."* Durch seinen Körper zuckte ein eigenartiger Blitz und in seinen Augen spiegelte sich sein unbändiges Temperament wider. *„Erst kommst du nach Hause, du solltest nichts entscheiden, ehe du nicht das, woran du bisher gearbeitet hast, zu Ende gebracht hast." Er schwieg und hielt den Atem an. „Na los, sag es schon", forderte ich ihn auf. Er stiess langsam und konzentriert die Luft durch die Zähne. „Du hast Recht, verdammt, zufrieden?", fuhr er mich an. „Beruhig dich, dann reden wir weiter...", gab ich unbeeindruckt zurück.*

„Du kannst auswählen, ich kann mich nicht wirklich für einen entscheiden", sagte ich zu Svenja, die mittlerweile den Salat auf den Tisch gestellt und den Teig, den ich vorbereitet hatte, aus dem Kühlschrank genommen hatte. Wir zündeten noch ein paar Kerzen an und machten es uns richtig gemütlich. Schliesslich sassen wir am Tisch, kneteten unseren Pizzateig, belegten ihn mit Käse, Tomaten und was sonst noch alles drauf kam und schoben die kleinen Bleche in den Tischgrill. „Es ist toll, sich so an unsere Eltern zu erinnern." Ich nickte. „Weisst du noch, dass Dad uns immer Witze erzählt hat, wenn wir alle bei Tisch sassen? Ich glaube, es verging nie ein Abend ohne einen seiner Witze..." Svenja lachte und ihre Augen glänzten im Kerzenschein. „Ich freue mich so, dass du wieder hier bist", sagte sie leise. „Ich mich auch...", antwortete ich mit ebenso ruhiger Stimme.

Plötzlich hörten wir das Türschloss und kurz darauf kam Fabian herein. „Na ihr zwei? Candle-Light-Dinner und ich bin nicht eingeladen?", fragte er mit gespielter Betroffenheit. „Ich hatte dich eigentlich erst zum Nachtisch geplant", neckte ich ihn, während er mich zur Begrüssung küsste. „Harter Tag?", wollte Svenja wissen. Fabian nickte: „Es war wieder einmal ein Tag ohne Anfang und Ende, doch es tut gut, helfen zu können..." Seine Arme legten sich von hinten um meine Schultern, ich genoss jede einzelne seiner Berührungen, während ein wohliger Schauer über meinen ganzen Körper raste. „Wollen wir den Film noch sehen?", fragte ich Svenja. Sie wollte schon abwinken, da warf Fabian ein: „Macht nur, ich werde mich dann in die Literatur vertiefen."

Kapitel 7

„Ich bin so aufgeregt – irgendwie habe ich das Gefühl, dass mich etwas Tolles erwartet“, sagte Andreas freudig. Ich lächelte. *„Ein bisschen Geduld noch…“, zog ich die Spannung noch ein wenig in die Länge.* Es war Samstagmorgen, Andreas würde jeden Moment in Genf landen und dann die tolle Nachricht erhalten. Ich spürte richtig, wie ungeduldig Andreas war und wie er sich immer wieder fragte, was los sei. Er freute sich so sehr, wie ich mich als kleines Kind auf Weihnachten gefreut hatte.

Das Flugzeug landete sanft, Andreas atmete zufrieden aus und löste seinen Gurt sogleich, entgegen jeder Vorschrift. Kurz nachdem das Flugzeug seinen definitiven Standort erreicht hatte, fuhr Andreas hoch und eilte Richtung Ausgang. Er stürmte die Treppe hinunter, stiess in einen jungen Mann, entschuldigte sich abwesend und drängte weiter. Seine Stimmung übertrug sich auf mich, ich erlebte jeden seiner Schritte mit und plötzlich wollte ich das Unbekannte auch wissen, obwohl ich es schon längst wusste.

Andreas eilte mit seinem Handgepäck Richtung Ankunftshalle und erblickte Svenja sofort, die schon dort stand und ihn sehnsüchtig erwartete. Die beiden fielen sich wortlos in die Arme, für eine derartige Liebe brauchte es keine Worte. Im selben Moment, als ich *„Vorsicht, sie ist...!"* dachte, löste sich Andreas von ihr, blickte in ihre blitzenden blauen Augen und stellte mit überwältigter Freude fest: „Du bist schwanger!" Sie gab einen quiekenden Laut von sich und liess sich an ihn drücken.

„Es tut mir leid", meinte ich ein paar Sekunden später niedergeschlagen. „Verdammt, wieso konnte ich nicht meine Klappe halten?" Andreas lächelte glücklich. „Es ist schon irre, dass du es die ganze Woche für dich behalten konntest und dann war ich auch noch so ungeduldig! Jana, ich freue mich so! Ich kann's gar nicht glauben, ich werde Vater!" „Das ist unglaublich!" Ich musste nicht sagen, wie sehr ich mich mit ihm freute, er wusste es auch so. *„Und wann ist die Hochzeit?", wollte ich wissen. „Bald...", rief er zuversichtlich. „Schon sehr bald!"*

„Gott, bin ich aufgeregt wegen des Meetings!" Ich eilte gestresst umher, von der Küche zum Bad, dann wieder zurück ins Wohnzimmer, wieder ins Bad, bis ich schliesslich von Fabian aufgehalten wurde. Er umschlang meine Hüfte und umarmte mich fest. Ich fühlte mich sofort besser, doch kaum hatte er mich wieder losgelassen, kam dieses unbehagliche Gefühl zurück. Er konnte mich ja schlecht das ganze Meeting über umarmen, ich musste mir also etwas anderes einfallen lassen. *„Kann ich helfen? Irgendwie gefällt mir deine Stimmung nicht und ich glaube, ich könnte daran was ändern…"* An Andreas hatte ich dabei gar nicht gedacht, ich war überrascht. *„Kannst du Nervosität in Luft auflösen?"* Er lächelte. *„Alleine nicht, aber wenn du mitmachst, dann funktioniert es."* *„Und?"* Er schmunzelte über meine Ungeduld und was die Nervosität aus mir gemacht hatte. *„Setz dich hin"*, forderte er mich auf. Ich tat es. *„Schliess die Augen…"* Fabian war im Bad verschwunden, also liess ich mich darauf ein. *„Spürst du meine Präsenz?"*, fragte er. Es war absurd, denn wenn er das tat, spürte ich seine Präsenz immer. Ich hatte das Gefühl, dicht bei ihm zu sein, fast so, als würden sich unsere Hände berühren. Er versuchte, mir seine ganze Gelassenheit und Ruhe zu geben. *„Und was, wenn ich die Augen öffne?"* *„Mach nur…"*, grinste er. Ich tat es und alles blieb gleich, allerdings hatte ich das eigenartige Gefühl, dass ein ausserirdisches Wesen die Herrschaft über mich ergriffen hatte, denn ich wusste, dass ich nervös sein *musste*, doch ich war es nicht mehr. Mein Körper war gegen meinen Willen ruhig. Komisches Gefühl. *„Ich bin bei dir… Und jetzt bring diese blöde Präsentation hinter dich!"*

„Was würde ich nur ohne dich tun?", fragte ich mich leise. *„Wir könnten nicht ohne einander leben, so viel habe ich begriffen…"*, meinte er ernst. *„Das will ich auch gar nicht mehr"*, warf ich sofort ein. *„Irgendwie habe ich das Gefühl, dass wir zusammen die Welt besser begreifen können, auch wenn das vielleicht eine Illusion ist."* Er nickte wissend. Es war klar, dass er dieselben Gedanken hatte.

Ich meisterte die Präsentation mit links und wirkte natürlich und selbstsicher, was ohne Andreas' Hilfe niemals möglich gewesen wäre. Herr Berger sprach mir mein Honorar zu und selbst der Chef der Firma war mehr als begeistert von mir. „Es ist eine Schande, dass wir nicht mehr Dinge in dieser öden Firma zu gestalten haben", lachte er schallend über seinen eigenen Witz.

Es war schon dunkel, als ich nach Hause lief. Normalerweise nahm ich die öffentlichen Verkehrsmittel, da es doch knapp zwanzig Minuten Fussmarsch waren bis nach Hause, doch heute war ich so glücklich wie schon lange nicht mehr, deshalb wollte ich noch ein wenig die frische Nachtluft geniessen. Mein erster Auftrag und den hatte ich völlig souverän gemeistert. Jetzt konnte ich mich auf weitere Anfragen konzentrieren. Diese Woche waren zahlreiche Mails, dutzende Anrufe und mehrere persönliche Besuche reingeschneit.

Ich schrak aus meinen Gedanken hoch, als ich um die Ecke bog und eine Gruppe von drei jungen Männern auf mich zu laufen sah. Ich richtete den Blick stur geradeaus und wollte an ihnen vorbeilaufen, doch einer von ihnen hielt mich zurück. „Hey, wohin denn so spät des Abends?", grölte er. Ich zog meinen Arm zurück und lief weiter, doch weit kam ich nicht, da hatten sie mich auch schon umringt. Der grösste von ihnen kam auf mich zu und begann, mir unter die Bluse zu greifen. „Na, gefällt dir das, Süsse?" Ich merkte an der Fahne, die er hatte, wie betrunken er war und drehte angeekelt den Kopf zur Seite. Ich riss mich los und wollte davonlaufen, doch diesmal wurde er richtig wütend und schlug mich ins Gesicht, worauf ich stolperte und zu Boden sank. Ich rappelte mich auf die Knie und wich zurück. „Willst du nicht lieber brav sein?", fragte er honigsüss. Ich bekam richtig Angst und zitterte am ganzen Körper. „Lasst mich gehen", flehte ich heiser. Der Schlag ins Gesicht hatte mir mehr zugesetzt, als ich dachte, ich war irgendwie leicht benommen.

„Jana! Wo bist du?" Ich hörte Andreas' Stimme zwar, doch ich konnte nicht antworten, ich brachte keine Gedanken zusammen, nur Angst, mehr brachte ich nicht zustande.

„Verdammt", fluchte Andreas, der innert Millisekunden kapiert hatte, was los war. Der Mann packte mich an der Bluse, zerriss sie und warf sich auf mich drauf. Ich schrie hysterisch um Hilfe und zerkratzte ihm mit meinen Fingernägeln das Gesicht. Darauf packte er mich am Hals und schlug meinen Kopf hart auf den Boden. Ich sank in ein wohliges Schwarz, welches mich wie Watte umgab. Ich fühlte mich beschützt. Der Mann hatte schon seine Hose geöffnet, als ich plötzlich matt wahrnahm, wie er von mir abliess. Mein Kopf schmerzte und ich sank wieder in das schwarze Loch.

„Es ist alles gut", hörte ich Andreas' beruhigende Stimme. Ich war immer noch bewusstlos, doch ich konnte ihn hören. Ich zitterte leicht, worauf er mich fester in seine Arme nahm. Er legte seine Jacke um mich, doch es brachte nicht viel.

Nach einer Weile öffnete ich langsam die Augen und schloss sie sogleich wieder, denn ich spürte einen stechenden Schmerz am Hinterkopf. Andreas war hier, das war das Wichtigste. Ich lag immer noch auf dem Boden, meine Bluse in Fetzen neben mir und ich begann zu schluchzen. Ich klammerte mich an Andreas, der mich aufgehoben hatte und mich nach Hause brachte. Als ich mich etwas beruhigt hatte, bemerkte ich, dass er mich zu sich und Svenja nach Hause gebracht hatte und es war mir peinlich. *„Keine Angst, Svenja ist noch in der Bibliothek, sie sagte, sie arbeite noch bis zehn an der Buchhaltung…"* Ich liess mich erschöpft wieder in seine Arme sinken, ehe er mich aufs Sofa legte. Ich wollte gar nicht, dass er mich losliess und irgendwie musste er das gespürt haben, denn seine starken Arme drückten mich fest an sich. Wir sprachen beide nicht miteinander und ich war einfach nur froh, dass jemand da war, der wusste, wie ich mich fühlte und der keine blöden Fragen stellte. Wann immer ich wieder zu zittern begann, strich er über meinen Rücken und zog mich enger an sich. Er versuchte, mir die Angst zu nehmen, die Verkrampfung meiner Muskeln zu lösen und mir seine ganze Energie zu geben. Erst nach einer knappen Viertelstunde merkte ich, dass es mir besser ging. Wie auf Kommando lösten wir uns langsam voneinander und ich blickte in seine tiefen blauen Augen. *„Ich bin immer für dich da, hörst du?", flüsterte er leise* und strich mir eine Strähne aus dem Gesicht. Dann küsste er sanft meine Stirn, es war wie eine Ewigkeit.

„Du siehst aus wie Frankenstein persönlich", meinte er dann. *„Vielen Dank!"*, erwiderte ich mit einem gequälten *Lächeln* und fuhr über mein Gesicht, da, wo es pulsierte. Sofort verzog ich das Gesicht vor Schmerz; Andreas ergriff meine Hand und hielt sie fest. *„Lass nur, ich kümmere mich darum."* Er verschwand kurz im Bad und kam dann mit einem kleinen Becken und einem Verbandskasten wieder. Zuerst säuberte er meine Platzwunde am Kopf mit warmem Wasser und Jod, worauf ich wieder das Gesicht verzog. Dann versorgte er sie mit Wundpaste und klebte ein grosses Pflaster drauf. Dann wischte er mir das restliche Blut vom Gesicht, welches über meine ganze linke Wange und Schläfe gelaufen war. *„Ich bringe dich nach Hause..."* Andreas hatte sofort gemerkt, dass ich nach Hause wollte. Er stand auf und holte ein Shirt aus seinem Schrank, welches mir natürlich viel zu gross war, ich aber dankend annahm. Ich zog kurz die Jacke aus, das Shirt an und die Jacke darüber. *„Danke!"*, *murmelte ich ehrlich.*

Wir liefen langsam die Strasse entlang bis zu unserer Wohnung und ich war richtig froh, dass Andreas bei mir war. Ich begann schon wieder zu zittern, doch er legte sofort den Arm um mich, um mir zu zeigen, dass ich nicht alleine war. Ich blickte dankbar zu ihm hoch. Als mir plötzlich wieder die Bilder von vorhin vor die Augen traten und ich zusammenzuckte, sandte mir Andreas einen wunderschönen Palmenstrand, das Meer glitzerte silbern und die Sonne brannte warm auf meiner Haut. Das Bild überdeckte das andere vollständig und ich atmete erleichtert auf. Mittlerweile waren wir bei uns zu Hause angekommen. *„Danke!"*, sagte ich erneut. Er schüttelte den Kopf. *„Wenn es dir nicht gut geht, kann es mir auch nicht gut gehen..."* Es klang sinnvoll und dennoch durfte ich das Ganze nicht als selbstverständlich sehen. *„Ich weiss, dass du es nicht als selbstverständlich nimmst. Ich bin sicher, du kannst dich bei Gelegenheit revanchieren."* Er zog einen Mundwinkel hoch. *„Und jetzt geh schlafen, denk an den schönen Strand. Wenn nicht, dann werde ich dich wohl dazu zwingen müssen, daran zu denken!"* Ich lächelte dankbar. *„Schlaf gut!"* Er zog mich nochmals an sich und drückte mich fest, dann streiften sich unsere Hände ein letztes Mal, ich betrat die Wohnung und schloss die Türe hinter mir. Fabian schlief anscheinend schon, was mir nur Recht sein konnte. Ich konnte das jetzt nicht erklären. Ich hatte keine Kraft dazu und erst recht wollte ich es nicht mit Worten ausdrücken, sodass ich es selbst noch einmal hören musste. Ich legte die Jacke auf einen Stuhl, streifte die Hosen ab und legte mich ins Bett.

Fabian wachte auf und fragte leise: „Jana? Alles in Ordnung?" Ich bejahte und legte mich in seine Arme, dann schlief ich sofort ein.

Ich erwachte wie jeden Sonntagmorgen aufgrund des Kaffeegeruchs, der in meine Nase stieg. Ich blinzelte und erkannte Fabian, wie er mit einer Tasse in der Hand neben mir sass und Zeitung las. „Geht es dir besser?", fragte er mit ernsthafter Besorgnis. Ich legte meinen Kopf an seinen Bauch und blickte ihn perplex an. Woher wusste er…?

„Was ist gestern passiert?" Die Bilder waren wieder vor meinen Augen, doch nur für eine Millisekunde, da hatte Andreas sie schon durch schönere ersetzt. „Bist du hingefallen?" Er fuhr sanft über das Pflaster an meinem Kopf. Ich schüttelte den Kopf. „Und ist das mein Shirt?" Seine Augenbrauen hoben sich leicht; er wusste genau, dass es nicht seines war. Ich schüttelte wieder den Kopf. „Könntest du mir nicht sagen, was los ist?" Ich schluckte leer. „Ich bin überfallen worden", sagte ich leise. „Gestern Abend als ich auf dem Nachhauseweg war von der Firma Neumann. Gegen viertel nach neun etwa." Fabian war geschockt. „Wieso hast du gestern nichts gesagt, bist du wirklich okay?" Er hatte seine Zeitung aufs Bett fallen lassen und den Kaffee auf das Tischchen daneben gestellt. Ich nickte. „Jetzt geht es mir gut. Andreas war auf dem Rückweg nach Hause und hat mich gefunden. Ich war zwar bewusstlos, aber es geht mir ganz gut!", versicherte ich. Er beäugte mich kritisch, ganz der Arzt. Doch im Gegensatz zu normalen Ärzten schwang bei ihm eine Besorgnis mit, die mir irgendwie guttat. „Ist das Andreas' Shirt?", wollte er skeptisch wissen. Ich nickte und gleichzeitig fiel mir die Unsinnigkeit auf, die diese Tatsache mit sich brachte. Wieso sollte ich sein Shirt tragen, wenn ich *nur* überfallen wurde? *„Das hat keinen Sinn! Sag ihm die Wahrheit!", riet Andreas. „Besser, als dass er falsche Gedanken hat."* Es war mir peinlich, die Wahrheit auszusprechen. Es war etwas ganz anderes, wenn Andreas es wusste. Bei ihm musste mir nichts peinlich sein, ich wusste, dass er es verstand. Aber da ich nicht wusste, was in Fabian vorging, war es schwieriger. „Ich wäre fast vergewaltigt worden", sagte ich leise, doch ich war mir sicher, dass er es gehört hatte. Ich hatte die Augen geschlossen, ich wagte nicht einmal, sie zu öffnen; zu blinzeln, um zu sehen, wie er aussah. Er sagte nichts, anscheinend wollte er mich ausreden lassen. „Deshalb ist meine Bluse auch zerfetzt worden, ich lag nur so da, bewusstlos, Andreas war genau im richtigen Moment da und hat die drei Männer überwältigt. Er hatte Glück, dass sie so betrunken waren und ihn mindestens doppelt sahen… Sonst hätten sie ihn wahrscheinlich mühelos aus dem Weg geräumt….“ Meine Stimme erstarb. Fabian schnappte sichtlich nach Luft. „Verdammte Schweine!“, fluchte er dann. „Bist du wirklich okay?“ Er nahm mich fester in den Arm. Ich nickte, dank Andreas war ich okay. Ich war ihm zu lebenslangem Dank verpflichtet. *„Hör auf mit dem Mist!“, knurrte Andreas wütend. „Ich wäre tot, wenn dir was passiert wäre…“*

„Wir können wirklich froh sein, dass Andreas gerade noch rechtzeitig gekommen ist…“, sagte Fabian leise und ich kuschelte mich enger an ihn. Ich nickte.

Es war, als hätte dieses eine Ereignis mich und Andreas irgendwie noch mehr zusammengeschweisst. Irgendwie hatte ich das Gefühl, ihm wirklich wichtig zu sein; auch wenn ich das vorher schon gewusst hatte, so spürte ich es jetzt permanent. Mit jedem Schritt, den ich ausübte, wurde mir mehr und mehr bewusst, dass er ihn mit mir ausführte. Und genauso ging es mir mit ihm. Ich wusste, wo er war und wie er sich fühlte, es war ein unbeschreibliches Gefühl.

Vielleicht war es leichtsinnig und dumm von mir, so etwas zu denken, doch ich hatte das erste Mal in meinem Leben das Gefühl, einen Sinn in meinem Leben gefunden zu haben. Zusammen verstanden wir die Welt besser und vielleicht war es das optimale Leben, wenn man erst einmal seinen Seelenverwandten gefunden hatte. Doch was, wenn es auf der ganzen Welt diesen Seelenverwandten nicht gab? Musste man dann denken, die Welt oder das Leben hätte keinen Sinn? Ich wette sogar darauf, dass viele alte Leute selbst nach ihrem langen Leben noch nicht wissen, wieso sie auf der Welt waren, selbst dann nicht, wenn sie dem Tode schon fast ins Auge blicken.

Es ist grausam, dass einem niemand sagt, was man zu tun hat und wozu man auf der Erde ist. In den Nachrichten scheint es immer so, als wäre die Menschheit nur dazu da, die Welt zu zerstören und wenn es dann einmal soweit ist, dann wird alles neu geschaffen und es beginnt von vorne, bis dass die Menschheit fähig ist, die Welt wenigstens zu erhalten und zusammen in Frieden zu leben.

„Ich werde in ein paar Tagen nach Irland fliegen...", sagte Andreas plötzlich erfreut. Ich sass gerade über einer Arbeit, die nicht richtig vorwärts ging und war etwas genervt, doch plötzlich erfüllte mich Zuversicht und Freude. Einerseits irritierend, andererseits durchaus praktisch. *„Danke für deinen Optimismus, kann ich gerade gebrauchen..."* Er hatte

meine Stimmung schon längst aufgenommen und lächelte. Ich hatte mittlerweile etwas ganz anderes bemerkt. *„Du fliegst auf eigene Faust?"* Ich war erstaunt. *„Ja", erwiderte er knapp.* Er wusste, dass ich dagegen war, doch er liess sich nicht davon abbringen. *„Mir wird schon nichts passieren…"*

Wer gehen wollte, den musste man ziehen lassen. So hatten unsere Eltern immer argumentiert und ich musste mich darauf besinnen, um seine Entscheidung zu akzeptieren.

An diesem Tag wollte mir nichts mehr so richtig von der Hand gehen. Alles, was ich entwarf, knüllte ich zu einem Papierkügelchen zusammen und warf es in den Papierkorb, der mittlerweile überquoll und so genau hatte ich ihn auch nicht getroffen, also glich mein Büro einem Papierbällchenmeer.

„Ah!", schrie ich wütend und knüllte das nächste Papier zusammen. „Verdammte Scheisse!" Ich bereute es, keinen Boxsack in mein Büro gehängt zu haben, ich hätte jetzt liebend gerne meine Wut an dem Ding ausgelassen. Ein Mensch war leider auch nicht in Sicht. Vielleicht aber auch besser, denn ich hätte für nichts garantieren können, in dem Zustand, in dem ich mich gerade befand. Ich hatte keinen Kopf für äussere Einflüsse, ich lief in meinem Büro auf und ab, selbst der atemberaubende See konnte mich nicht beruhigen, also beschloss ich, noch ehe meine offizielle Arbeitszeit zu Ende war, das Ganze abzubrechen. Der Auftrag musste zwar bis Morgen fertig sein, doch ich musste hier raus, es brachte einfach nichts.

Ich schnappte mir die Autoschlüssel, schloss ab und fuhr los. Ich fuhr erst einmal quer durch die ganze Stadt, ehe ich in die Rue Maunoir einbog, in der Svenjas Bibliothek lag. Vielleicht konnte ich mich beim Durchstöbern der Regale etwas beruhigen. Doch als ich die Treppe hochgegangen war, erkannte ich, dass sie schon abgeschlossen hatte. „Mist", fluchte ich. Eine Sekunde später fiel mir ein, dass wir ja unsere Fingerabdrücke hatten einscannen lassen und ich seufzte erleichtert auf. Es piepte kurz, dann drückte ich die Türklinke hinunter. Die Bibliothek war in ein mattes Abendlicht getaucht, es roch stark nach alten Büchern, was mir bisher noch nicht aufgefallen war. Ich lief zum Fenster und richtete meinen leeren Blick auf die Strasse hinunter. Was war heute mit mir los? Hatte ich meine ganze Selbstdisziplin verloren und drehte durch? Ich legte meine Stirn an die kalte Scheibe und atmete langsam aus. „Reiss dich zusammen, verdammt", sagte ich eindringlich.

Ich war wie in Trance, hatte keine Ahnung, was mit meinem Körper geschah und ich bekam wirklich Angst, durchzudrehen. Genau in diesem Moment spürte ich zwei warme Hände auf meinen Schultern und auch wenn ich es vorher nicht geahnt hatte, so wusste ich jetzt, dass es Andreas war. *„Hallo"*, *sagte ich matt.* Seine Hände legten sich sanft um meine Schultern, sein Kopf schmiegte sich an meinen. Ich blickte noch immer zum Fenster hinaus. Ich sah, wie Tropfen daran herunter rannen. *„Was ist los?"*, *wollte er leise wissen.* Ich schmiegte mich enger an ihn, er gab mir Halt. Er lächelte und strich mir die Haare aus dem Gesicht. *„Heute ist ein komischer Tag..."*, *murmelte ich widerwillig.* *„Scheisstag?"* *„Oh ja! Wenn nicht sogar noch schlimmer. Ich muss so einen blöden Auftrag fertig machen, doch es will nichts so, wie ich will, das ist so frustrierend! Bevor ich hierhergekommen bin, hatte ich in Dublin dasselbe Problem."* *„Dann müssen wir das eben zusammen anpacken"*, *schlug er vor* und ich war überrascht. *„Das würdest du tun?"* *„Wenn es dir dann besser geht, ja..."* *„Wieso bist du nur so selbstlos?"*, *wollte ich verständnislos wissen*, worauf er herzhaft lachte und ich dabei leicht durchgeschüttelt wurde. *„Du weisst ganz genau, dass es selbstlos wie egoistisch zugleich ist."* *„Wenn du nach Irland gehst, dann müssen wir Svenja* *und Fabian vorher noch die Wahrheit sagen…", sprach ich plötzlich von etwas ganz anderem. „Ich möchte keine Geheimnisse mehr vor Fabian haben!", meinte ich ernst. An*dreas nickte. „Aber ich glaube, heute ist es zu spät dazu", machte er mich höflich auf die Dunkelheit aufmerksam. „Wir müssen erst noch deinen Auftrag erledigen."

Wir fuhren also zurück in mein Büro und Andreas brach in schallendes Gelächter aus, als er die ganzen Bällchen sah. „Da hast du ja wirklich ganz schön gewütet", grinste er. Er konnte wirklich von Glück reden, dass ich nicht mehr wütend war, sonst hätte er wohl oder übel als Boxsack hinhalten müssen. Er grinste noch mehr. „Wenn es dir danach besser geht, dann bitte." Er breitete die Arme aus und bot sich an. Ich verzog das Gesicht. „Mein Schlag ist übrigens nicht schlecht…" „Das will ich auch gar nicht bezweifeln!", beschwichtigte er sofort, ging zur Kaffeemaschine und stellte zwei Tassen darunter. Ich kramte inzwischen meine Arbeitsmaterialien unter den ganzen Bällchen hervor und legte sie auf den Tisch. Andreas schnappte sich die Kamera und knipste mich schnell, noch ehe ich etwas hätte dagegen unternehmen können. „Da hinten ist die Dunkelkammer, tu dir keinen Zwang an…", sagte ich gelassen. Genau in diesem

Moment kam mir ein Geistesblitz und ich zog ihm die Kamera aus der Hand, die er mir bereitwillig gab, da er die Veränderung in mir sofort bemerkt hatte. *„Setz dich aufs Sofa", forderte ich ihn auf* und er tat es diskussionslos. Irgendwie war es ein tolles Gefühl, wenn ein Mann einem so gehorchte. Andreas lächelte zurück, natürlich hatte er das auch gehört. Was auch sonst? *„Was auch sonst?"* Ich grinste, dann wurde ich wieder ernst. *„Zeitung, Brille, Kaffeetasse", wies ich ihn weiter an. „Dein Glück, dass ich meine Brille überhaupt dabei habe...", grunzte er. „Woher warst du dir so sicher?" „Weisst du, dass die Bilder, die du mir sendest, manchmal ziemlich unscharf sind? Ein Zeichen dafür, dass du keine Kontaktlinsen trägst, sprich, du wirst deine Brille dabei haben, wenn du nicht wie ein blinder Maulwurf durch die Gegend laufen willst..."* Er lachte schallend und ich drückte ab. Ich wusste, dass das Foto perfekt war, doch ich knipste weiter. Ich liebte es über alles, mit der Schwarz-Weiss-Einstellung zu arbeiten. Die Fotos wirkten wesentlich authentischer und man war nicht so leicht durch die Farben abgelenkt. Man konnte die wirkliche Stimmung aufnehmen und man sah, was in einer Person vorging.

Irgendwann stand Andreas plötzlich auf und ich war erstaunt, dass ich es nicht schon vorher gewusst hatte. Er nahm mir die Kamera aus der Hand und zeigte auf den Boden. *„Nimm den Block und den Bleistift und leg dich dann hier hin..."* *„In die ganzen Bällchen?"*, fragte ich skeptisch. *„Verdammt, stell keine Fragen, sonst ist meine Inspiration dahin!"*, meinte er ernst, also legte ich mich ohne weiteren Protest hin. *„Leg dich auf den Bauch, Beine im rechten Winkel."* Er wuschelte durch meine Haare. *„Mal irgendwas, lass deinem Unterbewusstsein freien Lauf."* Ich lächelte und kritzelte drauf los, während er eifrig abdrückte.

Nach einer Weile liess er die Kamera zufrieden sinken und meinte: „Fotosession beendet." *„Ach und übrigens: Deine Skizzen sind doch schon mal ein Anfang, richtig toll!"*, lächelte er. Ich warf einen Blick auf meine Notizen und war ehrlich erstaunt. *„Wie habe ich denn das hinbekommen?"* Ich hatte keine Ahnung mehr, was ich mir dabei überlegt hatte. *„Du hast deinem Unterbewusstsein freien Lauf gelassen und es hat sich gelohnt..."* „Entwickeln?" „Entwickeln."

Wir liefen zur Dunkelkammer in der Ecke und ich begann, die Fotos zu entwickeln. Auch schon in dem rötlichen schwachen Licht erkannte ich schnell, dass sie absolut perfekt waren.

Andreas hängte die Bilder an die Leine und verliess dann den Raum. Als ich ihm etwas später folgte, hatte er bereits zwei Tassen Kaffee gemacht und meinte lächelnd: „Auf eine lange Nacht!" Ich grinste etwas gequält, dann machte ich mich wieder an die Arbeit. Andreas kritzelte ebenfalls auf mehrere Blätter und irgendwie hatte das eine inspirierende Wirkung auf mich. Plötzlich klingelte mein Handy. Es war Fabian. „Hey Schatz!", freute ich mich. Er war wahrscheinlich schon zurück von der Arbeit. „Hey Jana. Bist du noch im Büro?", wollte er wissen. „Ja, ich muss noch einen Auftrag erledigen. Andreas hilft mir dabei, ich glaube, ich würde es sonst nicht schaffen..." Ich hörte, wie er leise schnaubte und Andreas hinter vorgehaltener Hand kicherte. Ich sah ihn mit einem tödlichen Blick an, der ihn sofort verstummen liess. „Wann bist du zurück?", wollte Fabian geknickt wissen. „Ich weiss nicht. Es wird wahrscheinlich spät, ich habe gerade einmal ein paar Entwürfe. Aber ich verspreche, dich nicht aufzuwecken, okay?" Er seufzte und meinte dann: „Okay. Ich freu mich auf dich!" „Bis später!" Ich legte auf und *murmelte noch im selben Moment: „Du bist unmöglich!" „Was denn?", lachte er. „Du hast mich doch soeben zum unschlagbaren Helden erkoren, der dir bis spät in die Nacht hinein hilft...* " Er prustete vor Lachen. Ich stiess ihm in die Rippen. *„Okay, das war vielleicht nicht so clever, aber wir wollten es ihnen ja sowieso morgen sagen, oder? Essen bei uns?* " Er nickte. „Gute Idee... Am Mittwoch fliege ich dann."

„Weisst du was, ich glaube, ich schaffe es jetzt auch alleine... Du solltest nach Hause gehen. Svenja wird sich freuen, wenn du nicht so spät kommst." Er nickte. *„Du hast Recht. Das Problem ist nur, dass ich es auch geniesse, bei* dir *zu sein."* Ich blickte in seine ruhigen Augen, aus denen ich mehr lesen konnte, als er mir jemals hätte sagen können. Er fuhr mit seinen Fingern über mein Kinn. Ich spürte, wie sehr er gegen den Drang ankämpfte, mich zu küssen, denn ich fühlte genau dasselbe. Wir sassen auf dem Boden, nur wenige Zentimeter voneinander entfernt, fühlten mit jeder Faser unseres Körpers die enge Verbundenheit zum anderen und blickten uns einfach nur in die Augen. Es war ein magischer Bann zwischen uns.

Kapitel 8

„Na, wie geht es euch beiden?" Ich nahm meine Schwester fest in die Arme. „Ausgezeichnet", schwärmte sie, über beide Backen strahlend. Man sah zwar noch keinen Bauch, doch ihr Verhalten hatte sich schon drastisch verändert. Sie war darauf bedacht, keine falsche Bewegung zu machen, die dem Kind hätte schaden können. Ich hatte Andreas noch nie so stolz gesehen, es machte mich richtig glücklich. Ich war mir sicher, dass er ein guter Vater sein würde. *„Ich hoffe es...", erwiderte er warm.* Ich lächelte ihn an und wir begrüssten uns mit Küsschen links, Küsschen rechts. „Hallo Jana, danke für die Einladung, wie geht es dir?" Noch mussten wir uns begrüssen, als ob wir *normal* wären. Ich musste grinsen bei diesem Wort, welches in den letzten Wochen so an Bedeutung verloren hatte.

Fabian begrüsste Andreas etwas steif, er war wohl etwas skeptisch wegen gestern. „Setzt euch, das Essen ist gleich fertig", erklärte ich und zeigte auf den Tisch. Eine Minute später servierte ich das Essen und hoffte, dass es allen schmeckte. Andreas war dafür meine einzige Sicherheit, denn er konnte mich nicht anlügen. *„Fantastisch, mach dir keinen Kopf!"* Ich atmete auf. „Na ja, ihr fragt euch sicher, wieso wir schon wieder alle zusammen essen… Na ja…“ Ich verstummte. *„Andreas?“, hakte ich nach.* „Ähm ja… also wir…“ Svenja und Fabian beäugten uns kritisch. „Es gibt einen bestimmten Grund…“, fuhr ich fort und Fabian ergriff unsicher meine Hand, doch ich löste mich von ihm. „Wir… na ja…“ „Sind seelenverwandt“, ergänzte ich kurzerhand. *„Verdammt, wieso musst du das so sagen? Jetzt halten sie uns doch für komplette Idioten!“, schimpfte Andreas sofort.* Fabian verschluckte sich erst, lachte dann laut los und Svenja kicherte mit vollem Mund. *„Willst du blöd drum herum reden?“* „Ach so, wenn es weiter nichts ist…“ Svenja machte eine wegwerfende Handbewegung. *„Dafür nehmen sie uns jetzt auch nicht ernst!“* Es blieb eine Weile stumm, dann fragte Fabian skeptisch: „Und wie soll sich das so auswirken?“ Svenja kicherte erneut. Ich verdrehte genervt die Augen. „Ich weiss, was sie denkt. Jetzt gerade im Moment ist sie genervt von euch, weil ihr uns nicht ernst nehmt; dann weiss ich, wie sie sich fühlt, ich kann sie beruhigen, wenn sie total aufgebracht ist, ich fühle mich ihr verpflichtet. Meine Aufgabe ist es, sie zu beschützen, denn wenn es ihr schlecht geht, dann geht es mir auch schlecht. *Sie ist mein Leben geworden,* wir können miteinander kommunizieren, ohne dass es jemand hört.“ *„Du bist* mein

Leben geworden", erwiderte ich lächelnd. „In diesem Moment?", fragte Svenja irritiert. „In diesem Moment", erklärte ich. „Wenn ihr wollt, können wir es euch ganz leicht beweisen. Ich gehe mit Fabian ins Schlafzimmer, anschliessend werde ich Andreas etwas erzählen, das er aufschreiben soll. Ich werde ein Bild zeichnen und es ihm telepathisch senden. Wenn es klappt, dann stellt ihr keine weiteren Fragen und hört auf, so dumm zu lachen, okay?" Svenja war etwas perplex, doch dann nickte sie. Ich ergriff Fabian am Arm und zog ihn ins Schlafzimmer. „Schatz, geht es dir gut?", wollte er wissen. „Das ist doch ein blöder Scherz, oder?" Er lachte unsicher, während ich einen Block und einen Stift hervorholte. *„Bereit?", fragte ich dann. „Okay..."* „Was soll ich ihm sagen?", fragte ich Fabian herausfordernd. „Sag ihm, er soll einen Violinschlüssel in die rechte untere Ecke zeichnen." Ich lachte. *„Violinschlüssel in die rechte untere Ecke..." Andreas lachte.* „Es waren einmal 90'000 Zebras in der Wüste..." *„Es waren einmal 90'000 Zebras in der Wüste", sagte ich gelangweilt.* „Reicht das schon?", fragte ich. In diesem Moment empfing ich den schönen Strand von Andreas und ich skizzierte ihn schnell. „Tut mir leid, das war Andreas", entschuldigte ich mich grinsend. Fabian sah mich traurig an. Er hatte bemerkt, dass es wahr war und diese Erkenntnis schien ihn zu bedrücken. „Lass uns rüber gehen…“, sagte er leise und küsste mich. „Ich liebe dich, Jana, ich möchte dich nicht verlieren!“ „Deshalb?“, fragte ich verwundert.

Wir betraten das Wohnzimmer und Svenja war richtig geschockt, als sie die beiden identischen Bilder sah. Sogar der Satz, den mir Fabian gesagt hatte, stand auf exakt derselben Linie. *„Beweis gelungen, würde ich sagen…“* Fabian war traurig, Svenja geschockt. Ihr Unterkiefer war nach unten gefallen, sie konnte es kaum glauben.

„Ich würde jetzt gerne wissen, was in ihnen vorgeht“, sagte ich nachdenklich. Andreas nickte, was Svenja noch irritierter aussehen liess. „Habt ihr jetzt gerade wieder kommuniziert?“ Sie stand auf, schluchzte und rannte ins Bad. Andreas und ich sahen uns kurz an, dann eilte er ihr nach. Fabian bedachte mich mit einem Blick, den ich nicht deuten konnte, glücklich war er jedenfalls nicht. Ich drückte ihn fest an mich und fragte: „Was ist los?“ Er schwieg eisern, doch er erwiderte meine Umarmung ebenso innig. „Ich muss dir hoffentlich nicht erklären, dass du mich deshalb nicht verlieren wirst und dass ich dich unendlich liebe?“ Ich blickte ihn prüfend an. Eine kleine Träne lief aus seinem linken Auge. „Ich hoffe nicht…“, flüsterte er leise. „Aber ich weiss, was

es bedeutet." Ich sah ihn fragend an, worauf er schlicht meinte: „Dass ich dich mit jemandem teilen muss und ich niemals weiss, ob du nicht dasselbe für ihn wie für mich empfindest oder sogar noch mehr, was schmerzhaft wäre..." Ich strich über sein stoppliges Kinn, mein Blick war gedankenverloren auf die Wand gerichtet.

„Wir waren schon einmal an diesem Punkt, richtig?" Fabian versuchte, zu lächeln. „Im Auto, ja, ich weiss..." Er ergriff meine Hand. „Andreas und mich verbindet etwas, es ist, als wäre er meine zweite Hälfte, die Hälfte, die du immer suchst. Nur glaube ich nicht, dass es die Hälfte ist, die man sich in einer Beziehung wünscht. Auch wenn du dem anderen dann bedingungslos vertrauen kannst, ich glaube, es wäre zu viel Nähe. Und deshalb kann man es nicht mit einer Beziehung, wie wir sie haben, vergleichen. Wenn es ihm schlecht ginge, dann hätte ich das Bedürfnis, ihm zu helfen, aber das ist meistens von Egoismus gesteuert, denn wenn es ihm schlecht geht, dann *kann* es mir nicht gut gehen. Verstehst du, wie das Ganze funktioniert?" Ich hatte irgendwie die Hoffnung, dass er es verstehen würde und er nickte auch. „Ihr denkt dasselbe, fühlt dasselbe und könnt nicht mehr ohne einander?", vermutete er. Ich lächelte zufrieden. „Du hast es raus!" Er erwiderte das Lachen vorsichtig. „Und das wird nichts zwischen uns ändern", versicherte ich ihm und küsste ihn innig. „Rein gar nichts", stiess ich zwischen zwei Küssen hervor, dann umschlang er mich plötzlich und erwiderte meine Zärtlichkeiten.

Ich war gerade bei der Arbeit, als es plötzlich klingelte und ich überrascht hochfuhr. So früh am Morgen? Ich erhob mich mit der Kaffeetasse in der Hand und öffnete die Tür. „Jana Sommer?", erkundigte sich der Postbote höflich, worauf ich nickte. „Die aktuelle Ausgabe von Le Temps für Sie." Er streckte mir die Zeitung entgegen, doch ich machte eine abwehrende Bewegung. „Ich habe die nicht bestellt, tut mir leid!" Wieso wollte sie mir dieser Mann andrehen? „Moment bitte…" Er tippte eine Weile auf seinem Tablet herum, dann erklärte er: „Ein gewisser Herr Andreas Dreier wollte, dass ich ihnen diese bringe, kostenlos." Er grinste übers ganze Gesicht. Ich verzog den Mund. „Na schön, danke!" Ich wünschte ihm einen schönen Tag und schloss schnell die Tür. *„Eine Zeitung kann ich mir gerade noch selbst leisten, danke! Wieso zum Teufel lässt du mir eine Zeitung schicken? Keine Frage, ich lese gerne, aber ich habe die 20 minutes und die reicht vollkommen aus…"* Andreas lachte laut. *„Ich bin ein Genie!"*, grinste er. *„Ich bin*

wirklich ein Genie, dass ich das vor dir geheim halten konn-
*te. Seite siebzehn..." * Ich hatte Andreas' schallendes Lachen
in den Ohren, als ich die besagte Seite aufschlug und mir die
Kinnlade herunterfiel. Ich war in der Zeitung! Verdammt,
was zur Hölle!? *„Du Mistkerl!", fluchte ich. „Lies erst,
bevor du dich beschwerst... übrigens bin ich schon im Flugzeug, du könntest mir ruhig einen guten Flug wünschen!"*
*„Nach diesem Artikel werde ich dir die Pest an den Hals
wünschen", war ich mir sicher, doch er lachte nur.*

Jana Sommer – die Grafikerin für Topaufträge

**In diesem kleinen Portrait über eine fabelhafte
Frau und eine noch fabelhaftere Grafikerin, die ihr
Handwerk bis hin zur Perfektion beherrscht, soll
der Beruf als solches vorgestellt werden und nebenbei auch die Schwierigkeiten und die Mühen,
die damit verbunden sind, zu Tage gebracht werden. Dabei soll auch die Grafikerin selbst nicht zu
kurz kommen.**

**„Ich lebe von den Aufträgen, doch manchmal ma-
chen sie mich fertig!", ein berühmtes Zitat, das nicht
nur Jana Sommer als Grafikerin voll und ganz vertreten kann.**

Auf dem Bild links sehen sie ein typisches Beispiel dafür. Die Grafikerin steht unter Druck, sie muss einen Auftrag zu Ende bringen, doch ihr fehlt einfach die Inspiration.

Ich musste lachen, als ich das Schwarz-Weiss-Bild von mir in den Papierbällchen sah.

Aber Aufgeben ist keine Option, nicht in diesem Beruf. Da ist Kämpfen angesagt, Kämpfen bis auf das letzte Ornament und bis auf den letzten Schnörkel, die die Arbeit zu einem Ganzen machen. Wenn Sie wollen, dass jemand Ihre Wünsche so umsetzt, wie Sie es wollen, dann sind Sie bei „Jana's graphics" goldrichtig. Unterstützen Sie dieses neue Unternehmen und kontaktieren Sie bei Bedarf folgende Referenzen:

Es waren einige Adressen meiner neuen Kunden aufgeführt unter anderem die Firma Neumann, die mit meiner Arbeit höchst zufrieden gewesen war.

Nur Eines will noch gesagt sein: Wenn Sie mit Jana Sommer zusammen arbeiten, werden Sie es nicht bereuen. Noch weniger werden Sie bereuen, sie

kennen gelernt zu haben, denn besondere Menschen hinterlassen Spuren in jedermanns Leben...

Ich musste lächeln, denn es war richtig süss. *„Danke!"*, sagte ich ehrlich. *„Doch nicht wütend?"*, fragte er gespielt überrascht. Ich schüttelte den Kopf. *„Bei Gratis-Werbung bin ich nie wütend..."*, lachte ich. *„Ich wünsche dir einen guten Flug und pass auf dich auf, verdammt!"*, fügte ich dann noch an. Andreas grinste. *„Wusste ich doch, dass das noch kommt."* *„Ich meine es ernst, schon meine Nerven!"* *„Ich mache keinen Scheiss, versprochen."* *„Besondere Menschen hinterlassen Spuren in jedermanns Leben..."*, zitierte ich ihn. *„Und in jedermanns Herzen"*, fügte Andreas an. *„Und genau deshalb musst du auf dich aufpassen..."*, beendete ich unser Gespräch.

Den Zeitungsartikel pinnte ich an meine Wand, dann vertiefte ich mich wieder in die Arbeit. Den restlichen Tag war ich damit beschäftigt, neue Kunden am Telefon zu beraten und Termine auszumachen, da sie durch den Zeitungsartikel auf mich aufmerksam geworden waren. Wollte Andreas mich umbringen, indem er mich für die nächsten Jahre unter Arbeit begrub? Andererseits: Zu viel Arbeit war immer noch besser als zu wenig. Ich war Andreas mehr als dankbar.

Ich liess meinen Blick über den See schweifen, es ging gegen Ende Oktober zu, bald schon würde der erste Schnee fallen und mit etwas Glück sogar liegen bleiben. Ich freute mich auf unseren ersten Winter in der Schweiz. In Dublin hatte man schon Ende September Weihnachtskostüme und Sternchen-Leuchtketten kaufen können, doch hier war keine Spur davon zu sehen, was mich irgendwie beruhigte. Plötzlich kam mir ein Geistesblitz und ich griff nach dem Telefon.

„Jana, schön, deine Stimme zu hören", sagte Fabian ehrlich, doch ich hörte, wie gestresst er war, also meinte ich nur: „Ich wollte nur sagen, dass du heute pünktlich zu Hause sein sollst, keine Extraaufgaben heute, okay? Heute ist unser Abend…" Ich hörte ihn lachen. „Klingt gut, den haben wir uns verdient. Ich versuche es, okay? Bis dann! Ich vermisse dich!"

Fabian und ich gönnten uns einen entspannten Abend mit einem Glas Rotwein und Musik in der Badewanne. Wir genossen es beide, wieder einmal intensiv Zeit miteinander zu verbringen, irgendwie war das in letzter Zeit immer zu kurz gekommen. Ich lehnte mich an ihn, sah hoch und pustete ihm Schaum ins Gesicht, worauf er lachend die Arme um meine Schultern legte. „Ich geniesse es sogar, dass du nicht immer alles von mir weisst…“, sagte ich plötzlich. „Ich meine nicht, dass ich etwas vor dir zu verheimlichen hätte, doch es tut gut, gewisse Dinge nur für sich behalten zu können, das ist manchmal ein echtes Problem bei Andreas.“ „Lass uns jetzt nicht davon sprechen, okay?“, flüsterte er in mein Ohr und küsste meinen Hals, worauf ich echte Gänsehaut bekam. Ich liess mich gerne darauf ein.

„Unsere Hochzeit wird übrigens am 27. November stattfinden“, kündigte Andreas fröhlich an. „Ich hoffe, du hast Zeit…“ „Na ja… weisst du, mein Terminplan ist ziemlich voll, seit du mir so viele Aufträge verschafft hast…“, meinte ich abwägend. Andreas lachte. „Na schön, dann…“ „Ich werde da sein. Ich kann doch den schönsten Tag in deinem Leben nicht verpassen…“ Er hatte den Sarkasmus in meinen Worten sehr wohl gehört und lachte. „Es wird nicht der schönste sein, es wird der Anfang vieler noch schönerer Tage sein!“ „Klingt schon besser… Wenn du mit einer solchen Einstellung in die Ehe gehst, dann wird das auch was.“ „Ich warte mal noch damit, dich um meine Trauzeugin zu bitten, das wird Svenja noch früh genug tun…“ Er grinste.

„Ach übrigens, ich konnte mich schon an die Fersen von Sir Medley heften. Der Typ hat richtig Dreck am Stecken, ich sag's dir, dass wird die Story meines Lebens." Immer, wenn er damit anfing, spürte ich einen Stich in der Brustgegend. Ich hatte kein gutes Gefühl dabei.

Einen Grund zur Besorgnis bekam ich erst ein paar Tage später, als ich spürte, wie er Schmerzen hatte und es ihm nicht gut ging. Ich war sofort alarmiert und *fragte: „Was ist passiert?" Er wollte nichts sagen und druckste herum: „Es geht...mir gut!"* Seine Stimme klang allerdings ganz schmerzverzerrt. *„Bist du verletzt? Verdammt, sag' mir die Wahrheit!" „Mein Bein... Ich glaube, es ist gebrochen",* stöhnte er. *„Mein Handy liegt irgendwo da im Abgrund und ich komm' hier nicht weg!"* Er sandte mir das Bild von seinem Bein und wie er selbst zwischen den Steinbrocken eingekeilt war. *„Überall gibt es nur Felsen. Ich sehe die Strasse, doch da kommt niemand vorbei! Es wird immer dunkler. Ich bin hier in der Einöde, der perfekte Platz für einen abgedrehten Deal, verstehst du?"* Ich seufzte. „Verdammt!" Ich wählte schnell die Notrufnummer in Irland, denn ich war mir sicher, wo Andreas war. „Guten Abend, hier spricht Jana Sommer. Ich möchte einen Verletzten melden. Beinbruch aber bei Bewusstsein, ja, ich gebe ihnen schnell den

Standort durch…" Ich klickte ein paar Mal auf den Bildschirm und gab ihnen dann die Koordinaten durch. Ich wollte das Fenster schon schliessen, als mein Blick plötzlich an etwas hängen blieb. Ich las es kurz durch und drückte dann entschlossen auf *ok*. Ich nahm die Papiere aus dem Drucker, ergriff eine kleine Tasche, packte ein paar Dinge ein und stürzte aus der Wohnung. „Ich muss los. Andreas ist etwas passiert…", sagte ich hektisch. Fabian hielt mich an den Schultern zurück. „Aber er ist doch in Dublin", warf er ein. „Kannst du den Anrufbeantworter im Büro in Gang setzen? Bitte, ich muss jetzt wirklich los, mein Flieger startet in fünfzig Minuten!" Fabian sah mich an, als sei ich völlig übergeschnappt.

„Sie haben gesagt, sie fahren gleich los!" Ich spürte, wie sehr ihm die ganzen Steine, die ihn auf den Boden drückten, Schmerzen bereiteten. Ich versuchte, ihm Kraft zu geben und ihm die Schmerzen zu nehmen, was die grösste Herausforderung war, die ich je auf mich genommen hatte.

Es brauchte unendlich viel Kraft, doch ich musste für Andreas kämpfen. *„Danke, dass du das für mich tust, obwohl du nicht extra in einen Flieger hättest steigen müssen!"* Ich lächelte schwach. *„Impulsiv, spontan, zu Überreaktionen*

neigend, was willst du noch über mich wissen...?" „Alles,
was ich noch nicht weiss...", erwiderte er warm.

Es war der längste Flug meines Lebens. In Dublin stürzte
ich geradewegs aus dem Flughafen und stieg in ein Taxi, das
mich zum St. James's Hospital im Westen von Dublin
brachte. Ich war mir sicher, dass sie ihn dorthin bringen
würden. Plötzlich spürte ich, wie sein Schmerz stärker wurde und ich erhob mich abrupt vom Wartestuhl. Der Aufzug
ging auf und Andreas wurde auf einer Trage herein gescho-
ben. Abgesehen davon, dass ich es bisher gespürt hatte, wie
schlecht es ihm ging, *sah* ich es jetzt auch noch. Ich eilte zu
ihm hin. *„Hey",* sagte er schwach. *„Was machst du auch
für einen Mist!",* fluchte ich leise. „Entschuldigen Sie, darf
ich fragen, wer Sie sind?" „Sie ist meine Frau", erklärte
Andreas leise mit geschlossenen Augen. Die Rettungsärzte
nickten und liessen mich in den Notfallbereich.

„Um eine OP kommen Sie nicht herum", informierten die
Ärzte Andreas, der wie selbstverständlich nickte. „Was den
Streifschuss angeht..." *„Du wurdest angeschossen?",* fragte
ich entsetzt. *„Ach was, das ist nicht so schlimm...",* ver-
harmloste Andreas es. „reicht es, wenn wir ihn ambulant
versorgen", vervollständigte der Arzt seinen Satz. „Tut mir
leid, Mrs. Dreier, aber in den OP-Saal können Sie nicht mit,

bitte warten Sie solange in der Cafeteria, wir werden eine Schwester nach Ihnen schicken, sobald die OP zu Ende ist." Ich nickte, drückte nochmals Andreas' Hand und lief dann los. Die Cafeteria war klein, aber schön eingerichtet. Es war kurz vor Mitternacht. Ich war nach dem Flug richtig müde, also kaufte ich am Getränkeautomaten einen Kaffee, der mich wach hielt.

Ich war so überstürzt hierher geflogen, dass ich mir noch keine Gedanken über meine Kunden gemacht hatte. Was, wenn sie in der Zwischenzeit absprangen? Gerade den Auftrag für Keller würde ich wohl nicht bis nächste Woche zu Ende bringen können. Um einen Aufschub zu bitten, war zwar nicht gerade professionell, aber ein Versuch wert.

Ich nahm mein Handy aus der Tasche und schaltete es an: sechs verpasste Anrufe von Svenja. Ich hatte noch nicht einmal die Gelegenheit gehabt, sie durchzusehen, da klingelte das Handy erneut. „Hey…", sagte ich. „Verdammt, wieso schaltest du dein Handy nicht ein, wenn du gelandet bist? Ich mache mir Sorgen, was ist mit Andreas?", schrie sie. „Er wurde gerade eingeliefert, ich bin im Krankenhaus. Er hat eine Beinfraktur und einen Streifschuss…" „Was?" Svenja war entsetzt. „Beruhige dich! Er wird schon wieder auf die Beine kommen." „Wieso bist du eigentlich nach Dublin geflogen?", fragte sie, als sei ich von allen guten Geistern verlassen. „Lass uns das ein andermal besprechen, okay? Ich halte dich auf dem Laufenden, was Andreas betrifft…" Sie schnaubte, dann drückte sie mich weg.

Ich stützte den Kopf in die Hände. Plötzlich spürte ich, dass Andreas abwesend war. Er lag offensichtlich in der Narkose.

Für mich hiess das zum ersten Mal, Gedanken haben zu können, die Andreas wirklich nicht hörte. Ich fragte mich, weshalb Svenja so sauer war, dass ich hierher nach Dublin gekommen war.

Ich trank einen Schluck Kaffee und atmete tief durch. Es war niemand ausser mir in der Cafeteria. Ich hörte sogar, wie die Uhr leise tickte.

Ich überlegte mir, ob das, was ich für Andreas empfand, mehr war, als ich für Fabian fühlte. Auf der Vertrauensebene musste ich dem leider voll und ganz zustimmen und ich kannte ihn auch besser, aber konnte ich Andreas lieben?

Es war verwirrend, so intensiv darüber nachzudenken, denn ich wurde nicht von Andreas unterbrochen. Was war, wenn Andreas irgendwann wichtiger für mich wurde, als es Fabian war? Ich rieb mir die Schläfen, ich musste diese Gedanken irgendwie stoppen.

Es verging eine halbe Ewigkeit, bis eine Schwester mich schliesslich erlöste: „Ihr Mann ist aufgewacht… Sie können gerne zu ihm in den Aufwachraum. Es wird sicher ein schöner Moment für ihn sein, wenn er dabei seine Frau an der Seite hat." Ich lächelte und nickte.

Andreas sah friedlich aus, wenn er schlief. Sein Gesicht, das so oft misstrauische Falten hatte, war jetzt glatt. Es schien, als ob er sich beschützt fühlte. Ich fuhr langsam über seine Wange, es war ein merkwürdiges Gefühl, ihn zu berühren und seine Gedanken dabei nicht zu kennen. Doch war es nicht einfach nur normal? Er öffnete langsam die Augen und blickte mich noch etwas verwirrt an. *„Guten Morgen"*, *begrüsste ich ihn leise.* Er ergriff meine Hand und legte seinen Kopf dagegen. *„Schön, dass du da bist", murmelte er dankbar.*

„Hast du Schmerzen?" Ich war mir nicht sicher, ich nahm nur ein dumpfes Gefühl wahr, doch er schüttelte den Kopf. *„Alles bestens, aber es wird sicher noch kommen…"*

„Wie optimistisch, was?" Er lächelte mich an.

„Du musst nicht die ganze Nacht hier bleiben", versicherte er mir. „Nimm die Schlüssel vom Hotel und leg dich hin. Es bringt uns beiden nichts, wenn du hier bleibst. Und ausserdem werde ich wahrscheinlich sowieso schlafen und du

kannst auch hier *sein, ohne, dass du hier bist...*" Er hatte die Augen geschlossen, er wirkte müde. *„Na schön, du hast mich überzeugt"*, sagte ich nach einer Weile widerwillig. *„Schlaf gut."* Er nickte, dann meinte er: „Komm her!" Er schloss mich fest in seine Arme. Ich merkte, wie schwach er war und dass es ihm wehtun musste, doch ich erwiderte seine Geste sofort. Der Infusionsschlauch wickelte sich um mich, doch ich bemerkte es gar nicht. Eine kleine Träne rollte meine Wange hinunter und war schon versickert, ehe ich sie richtig wahrgenommen hatte, doch Andreas hatte es bemerkt und er drückte mich noch fester, soweit es ihm sein Zustand erlaubte.

„Du bist so egoistisch! Was, wenn dieser Typ dich wirklich über den Haufen geschossen hätte?" Ich hatte Mühe, das auszusprechen, doch es musste einfach raus. *„Wieso bringst du dich absichtlich in eine solche Gefahr?"* Ich verstand es nicht, es konnte doch nicht nur wegen seines Jobs als Journalist sein. *„Das kann nicht der einzige Grund sein!"*, sagte ich ernst. *„Ich weiss es selbst nicht"*, gab er zu. *„Es ist einfach ein irres Gefühl. Es tut mir leid für dich. Es war immer mein Job und ich hatte dieses Problem bisher nicht, dass mir jemand so nahe stand wie du. Auch wenn ich denke, ich sollte das Ganze lassen, weil ich dich nicht verletzen will, so*

kann ich es nicht. Es ist mein Job, mein Leben, nicht wichtiger als du, aber er gehört zu mir. Und wenn du positiv denkst, dann wird mir auch nichts passieren...“ Er küsste meine Schläfe. *„Als ob das an mir läge...“*, knurrte ich wütend. *„Du könntest genauso gut in Genf über interessante Themen schreiben, ohne dabei in gefährliche Situationen zu kommen.“* Er sagte nichts mehr dazu, also schwieg ich auch. Erst nach einer Ewigkeit liess er mich los und meinte: „Geh’ schlafen... Ich glaube, du brauchst den Schlaf dringender als ich!“

Ich ging – widerwillig – doch ich ging. Ich nahm das Tram bis zur Abbey street lower, wo das Wynn’s hotel lag. Wer hätte gedacht, dass ich so schnell wieder in Dublin landen würde? Ich grüsste den Hotelier höflich, dann fuhr ich mit dem Lift in den zweiten Stock. Das Zimmer war nett eingerichtet. Ich hatte bisher noch nie eines hier in Dublin von innen gesehen. Ich ging sofort schlafen, klaute noch ein T-Shirt von Andreas, da ich zu überstürzt losgefahren war, als dass ich an alles hätte denken können.

Als ich am nächsten Morgen wieder ins Krankenhaus kam, war Andreas schon wach und ass sein Frühstück. Sein Knie und Unterschenkel war in einem dicken Gips hoch gelagert und an seinem Arm war ein schmaler Streifen Verband sichtbar, der vom Blut leicht rötlich war. *„Wird auch langsam Zeit, dass du kommst, ich muss hier raus! Krankenhäuser sind nichts für mich...“, klagte er.* Ich streckte ihm die Zunge raus. *„Darfst du überhaupt schon aufstehen?“* Er nickte. *„Solange ich artig bin, hat der Arzt nichts dagegen...“* Als ich auf dem kleinen Tischchen ein Joghurt stehen sah, knurrte mein Magen, worauf Andreas laut lachte. *„Ist das witzig, ich konnte gerade spüren, wie dein Magen knurrte, nebst dem, dass ich es auch* gehört *habe...“* *„Nimm' schon, ich bin sowieso kein Joghurtfresser“, fügte er dann noch grossherzig an.* „Guten Tag, Mrs. Dreier, ich habe bereits gehört, dass sie Ihren Mann abholen wollen. Passen Sie gut auf ihn auf!“ Der Arzt hielt sich kurz und gab Andreas die Papiere, die er unterschreiben sollte. „Vielen Dank, Dr. Martin!“ Andreas war richtig erleichtert. Er hievte sich auf die Füsse und nahm die Gehhilfen zur Hand. *„Könntest du vielleicht...?“* Sein Blick fiel auf seine Tasche, die voll mit seinen Arbeitsmaterialien war. Ich ergriff sie wortlos und verabschiedete mich von Doktor Martin. „Schwester Mandy hat Ihnen noch Schmerzmittel eingepackt, falls es nicht reichen sollte, können Sie diese auch in

jeder beliebigen Apotheke holen… Alles Gute!" Er zwinkerte uns zu und wir fuhren mit dem Aufzug nach unten.

Andreas atmete sichtlich befreit auf, als wir endlich
draussen an der frischen Luft standen. „Ach… jetzt geht es
mir gut!" Dass er noch Witze machen konnte, obwohl er an
Krücken ging und einen Streifschuss am rechten Oberarm
hatte. *„Lass uns einen Kaffee trinken gehen", schlug er vor.
„Aber nicht hier im St. James's Hospital", grinste er*, da ich
mit dem Gedanken spielte, wieder reinzugehen. „Dann
nehmen wir den Bus zum Bronze Tree und gehen dann zum
Starbucks, okay?" „Starbucks klingt super", lächelte er und
balancierte kurz auf den Stöcken. „Okay, langsam merke ich
mein Bein…", sagte er mit leicht verzerrtem Gesichtsausdruck.

Wir fuhren mit dem Bus bis zum grossen Platz im Zentrum,
auf dem ein bronzefarbener Baum stand. Andreas lachte.
„Den habe ich bisher noch nicht gesehen…" Ein paar Minuten später waren wir im Starbucks angekommen und ich
begann plötzlich zu lachen. „Könntest du mir bitte einen
Kaffee bringen? Ich hätte gerne einen Cappuccino und einen
Blaubeermuffin…" Ich prustete vor Lachen. „Meine Funkti-
on als Gentleman ist, glaube ich, erst mal auf Eis gelegt." Er

zuckte unschuldig mit den Schultern. Ich grinste noch immer und stellte mich in die Schlange.

„Vielen Dank, junge Lady!", meinte Andreas ernst, als ich zurückkam. „Eigentlich bin ich richtig froh, dass du hier bist!", sagte er plötzlich leise. Ich blickte in seine blauen Augen. Seine Haare waren ganz zerzaust und standen wirr von seinem Kopf. *„Ich habe auch die ganze Nacht in dem bescheuerten Krankenbett gelegen und hatte keine Zeit für eine Dusche...", kommentierte er meine Gedanken.* „Weisst du, dass mir deine Gedanken gefehlt haben, als du in der Narkose lagst? Es war verdammt ungewohnt. Ich wusste, dass du mich in diesem Moment nicht hören *konntest.*" Er nickte. „Kann ich mir gut vorstellen..." *„Also, dass ich dir mit meinen tollen Kommentaren gefehlt habe...", lächelte* er. „Ich habe übrigens ein Rückflugticket für dich in Auftrag gegeben", meinte er. „Wir fliegen morgen Abend zurück." Ich nickte. Das passte mir eigentlich ganz gut. Abgesehen davon, dass mich zu Hause ein Berg Arbeit erwartete, wollte ich die restliche Zeit hier einfach nur geniessen. Es hatte irgendwie richtig gut getan, die vertraute Umgebung wieder einmal zu sehen. Ich hatte mich mehr zu Hause gefühlt, als ich mir jemals ausgemalt hatte. *„Wir könnten einkaufen gehen...", schlug er vor. „Also ich meine, du kaufst ein und* *ich berate. So aus männlicher Sicht und so weiter...* " Ich musste lachen, doch ich nickte. Mit dem angebrochenen Tag konnten wir sowieso nichts Besseres mehr anfangen, also fuhren wir am Nachmittag zur Einkaufsstrasse. Als ich das erste Mal hörte, wie Andreas mit französischem Akzent Englisch sprach, musste ich lächeln. Es klang eigenartig, nicht ganz das, was man von einem Westschweizer erwartete, sondern irgendwie schöner und weicher. *„Danke, auch wenn du gerade dabei bist, mich hochzunehmen", feixte er* und humpelte weiter durch den H&M. Ich sagte der Verkäuferin höflich, dass wir nichts Bestimmtes suchten und sie zog sich zurück. Anscheinend hatte sie Andreas nicht verstanden. *„Oh Mann... Kannst du deine Gedanken nicht einfach für dich behalten? Ich bin nun mal ein echter Westschweizer und weisst du was, ich bin stolz drauf!"* Ich streckte ihm die Zunge raus. „Hey sieh mal, tolles Kleid!", schwärmte er. „Ja, weil unten nichts dran ist und oben noch weniger...", prustete ich und dachte *typisch Mann.* Er sah beleidigt aus. *„Ich werde das nicht anziehen!", grummelte ich,* doch zwei Minuten später trug ich es und drehte mich vor dem Spiegel. *„Hey, das sieht klasse aus!", sagte Andreas überwältigt.* „Aus der Sicht eines Mannes vielleicht", erwiderte ich genervt. *„Kann sein, dass Männer das sexy* *finden...*" Ich spürte seinen bewundernden Blick und ehrlich gesagt war ich froh, dass er nicht degradierend war. Ich begegnete oft Männern, die mich von oben bis unten musterten, und es war ihnen förmlich anzusehen, wie sie sich daran aufgeilten. *„Ich würde dich niemals zu etwas degradieren...",* meinte er ernst. Ich seufzte. *„Wieso bist du nur das genaue Gegenteil von meinem Männerbild? Es war bisher immer richtig, verdammt! Und die meisten Männer sind ja auch so!" „Fortpflanzungstrieb nennt man das, ist übrigens menschlich und evolutionär." „Wenn ich einen Biologen brauche, dann suche ich mir einen, klar?"* Ich spürte, wie er versuchte, mich zu besänftigen, doch das machte mich nur noch wütender. „Hör sofort auf damit!" Ich schloss mich wieder in der Kabine ein und zog das Kleid aus. Er beendete seine Versuche, mir Ruhe einzuflössen, und ich beruhigte mich allmählich selbst. *„Ich weiss ja selbst, dass ich damit alle Männer in eine Schublade stecke, doch ich habe es nie besser gelernt. Irgendwie bin ich bis jetzt immer an die falschen Männer geraten. Ich glaube, dass Fabian die grosse Ausnahme ist. Aber ich bin nun mal von Natur aus misstrauisch. Vielleicht ist das ja auch evolutionär, was meinst du?"* Er lachte.

Ich kam wieder aus der Kabine, mittlerweile wieder angezogen, und lief aus dem Laden. *„Hey, warte!"*, *rief er*, hievte sich mühsam hoch und versuchte, mir nachzueilen.

Abends assen wir im Hotel und genossen anschliessend die Ruhe im Zimmer. Andreas hatte sich aufs Bett gelegt und war gerade dabei, ein Magazin durchzublättern, als plötzlich mein Handy klingelte: Svenja. *„Geh du ran!"*, *rief ich ihm zu* und er nahm das Handy. „Na, Schatz!", begrüsste er seine Verlobte, welche aufgeregt zu sprechen begann. „Beruhige dich!", sagte er beschwichtigend. „Mir geht es gut…" *„Weil sie mir gut tut."* Ich ahnte, dass Svenja gerade hatte wissen wollen, wieso ich in Dublin sei. „Schatz…", murmelte er überfordert. „Lass uns das ein andermal besprechen, ja? Es ist nicht so einfach." Ich musterte ihn lange. Seine Augen erzählten mir so viel mehr, als er jemals hätte in Worte fassen können. „Wir sind Morgenabend wieder in Genf, okay…? Ich liebe dich auch! Bis dann!" Er legte das Handy beiseite und seufzte, worauf ich nickte. *„Nicht, dass wir nicht wussten, dass es Probleme geben würde…"*, *zischte er.* Ich ging zu ihm rüber und fuhr über seinen Rücken. Ob ich ihn damit trösten wollte, wusste ich nicht, ich tat es einfach. Er ergriff meine Hand und hielt sie fest und diesmal wusste ich, dass er sie nicht mehr loslassen würde. Ich hob zaghaft meinen Blick. Seine Augen funkelten mich an: *„Es fühlt sich toll an, dich so nah hier zu haben…"* Meine linke Hand legte sich sanft auf seine Brust. Ich nickte. Mein Atem ging unregelmässig. Ich wusste, was er dachte und es war naheliegend, dass ich dasselbe dachte. Konnten wir einander noch näher sein als bisher? So näherten wir uns einander langsam, blickten uns immer noch in die Augen, dann, als sich unsere Lippen vorsichtig berührten, schlossen wir sie. Ich hörte sein Herz schlagen und schliesslich konnte ich unsere beiden Herzschläge nicht mehr auseinander halten, da sie unaufhörlich in meinem Kopf pochten. *„Komm her!"* Andreas strich behutsam über meine Wange und küsste mich erneut. Es war wie ein Blitz, der mich durchzuckte, und es war das Beste, das ich je gefühlt hatte. Und in diesem Moment wurde mir klar, wie sehr ich ihn brauchte. Ein Leben ohne ihn wäre unvorstellbar und das machte mir Angst. Ich wurde von Andreas in die Kissen gedrückt, dann zog ich ihm sein T-Shirt aus. Wir stellten uns nicht einmal die Frage, ob es richtig war, was wir taten, denn manchmal sollte das Herz eben über den Verstand regieren und manchmal war das auch einfach das Beste.

Es fühlte sich toll an, Andreas so nahe zu sein. Unsere Gedanken waren noch nie so eng miteinander verknüpft gewesen; es war, als wären wir zu einer einzigen Person verschmolzen.

Eine Weile später lag ich in seinen Armen, meine Finger waren mit seinen verschränkt. *„Ist es das?"*, *fragte er leise.* Ich sah zu ihm hoch und strich über sein Kinn. *„Es… ist mehr!", sagte ich überwältigt.* Andreas zog mich enger an sich. *„Mehr als Liebe scheint aber doch etwas gewagt, findest du nicht?" „Auch wenn wir keine Worte dafür finden, aber es ist* mehr *als Liebe…", flüsterte ich noch immer ausser mir und schwer atmend.* Ich fühlte mich unglaublich geborgen in Andreas' Armen. Er gab mir die Sicherheit, die ich brauchte. Als zweite Hälfte von ihm fühlte ich mich sicher.

Wir schliefen eng umschlungen ein, während draussen das Nachtleben in Temple Bar erst richtig begann.

Kapitel 9

„Sie sieht richtig zufrieden aus, wenn sie schläft...“, war das Erste, das ich am nächsten Morgen hörte. Ich drehte mich schlaftrunken auf die andere Seite und kuschelte mich wieder in die Decke. Ich war definitiv nicht fit, entweder hatte ich zu viel oder zu wenig geschlafen – es gab selten Tage, an denen ich genau das perfekte Mittelmass traf und fit war. *„Irgendwie habe ich das Gefühl, sie ist wach, aber sicher bin ich mir nicht“, fuhr er fort.* Ich griff blindlings nach einem Kissen und warf es in die Richtung, in der ich ihn vermutete, worauf er schallend lachte. *„Wenn du so viel denkst, dann werde ich sicher wach, du Idiot!“* Ich rieb mir müde die Augen und versteckte mich unter der Decke. *„Lass dich drücken!“* Andreas kuschelte sich an meinen Rücken. Ich spürte seinen Atem in meinem Nacken. Es war schön, ihn so nah zu haben und dennoch wussten wir beide, dass die letzte Nacht nicht das war, was wir wirklich wollten. Was uns verband, war mehr als Liebe. *„Es ist nicht mit Liebe zu vergleichen“, flüsterte er leise. „Es ist viel grösser, von Dimensionen, die wir nicht mehr ergreifen können“, erwiderte ich nachdenklich.* Dann blieb es eine Weile still, doch plötzlich hatte ich Andreas' Bilder von letzter Nacht

vor Augen. *„Es war schön"*, meinte ich ehrlich. *„Aber wir brauchen es nicht, es ist keine zusätzliche Steigerung unserer enormen Verbindung"*, ergänzte Andreas.

Wir lagen einfach nur so da und dachten nach. Der Sinn des Ganzen lag nicht darin, zusammen zu sein, das wurde mir immer stärker bewusst, denn sonst hätte die letzte Nacht unsere Verbindung verstärkt. Stattdessen war sie gleich geblieben. Ich würde nicht mehr für ihn empfinden, wenn wir ein Paar wären, denn eigentlich waren wir schon lange eine Paar – nur eines, das sich um Meilen von anderen unterschied. Es war nicht der Sinn, dass jeder Einzelne von uns sich besser fühlte, wenn wir den anderen bei uns hatten, sondern dass wir uns zusammen besser fühlten; dass es von einer unglaublichen Wichtigkeit war, dass der andere atmete, nur damit man selbst nicht die letzte Verbindung zum Leben verlor. Andreas hielt mich fest im Arm und auch wenn es verrückt klingt, aber es war noch viel schöner als das, was wir letzte Nacht erlebt hatten.

Gegen Mittag fuhren wir mit dem Zug nach Howth, in ein kleines Fischerdörfchen im Norden von Dublin. In weniger als einer halben Stunde waren wir da. Wir hatten unglaubliches Glück. Die Sonne schien warm, während ich durch den

Sand lief. Andreas humpelte angestrengt hinter mir her, doch auch er war überwältigt von dem Anblick, der sich uns bot. Ein weiter, langer Strand erstreckte sich vor uns. Das Wasser traf sanft auf das seichte Ufer und weit und breit war keine einzige Menschenseele zu sehen. Ein Glücksgefühl erfüllte mich, das sich sofort auf Andreas übertrug und er lächelte zufrieden. „So würdest du den Genfersee wohl nie antreffen…“, meinte er leise. Wir setzten uns ein Stück weiter vorne in den Sand und genossen einfach nur den Moment. Andreas ergriff meine Hand und hielt sie fest in seiner. Seine Augen funkelten mich zufrieden an, dann drückte er mir einen sanften Kuss auf die Lippen. Ich war irritiert, ich dachte, wir… *„Hör auf zu denken!“, knurrte er* und fuhr mit seinem Finger gedankenverloren über meine Wange. Dann küsste er mich wieder und diesmal erwiderte ich es. Er zog mich näher an sich heran, ich hörte, wie seine Gedanken wild in seinem Kopf umherrasten.

„Wir müssen damit aufhören…“, beschloss ich, als er mich wieder losgelassen hatte. *„Warum?“, lächelte er.* Ich stiess ihm in die Rippen, worauf sein Gesicht einen gequälten Ausdruck annahm. *„Au! Verdammt, du weisst doch, dass ich noch auf Schmerzmittel bin!“, stöhnte er.* „Tut mir leid!“, rief ich sofort. Ich hatte es irgendwie ganz vergessen.

„Geht es wieder?" Ich spürte, wie sein Schmerz allmählich wieder abflachte, also war die Frage eher überflüssig. *„Eigentlich muss ich ja sagen, dass du Recht hast"*, grummelte *er unwillig*, sich wieder auf meine Aussage von vorhin beziehend. *„Im Grunde sind wir fremdgegangen"*, meinte ich *ernst.* Andreas nickte nachdenklich. „Aber es fühlt sich nicht so an..." Ich nickte, denn ich wusste genau, was er meinte. *„Aber manchmal habe ich einfach das Gefühl, dich küssen zu müssen...",* rechtfertigte er sich grinsend. Ich lachte. *„Was auch eine Art des Fremdgehens ist..." „Aber ich weiss genau, dass nicht nur ich dieses Gefühl empfinde, ich meine, was war das gestern Abend? Wir wollten es beide, also kann es so falsch nicht gewesen sein..." „Du liebst Svenja wie nichts anderes in deinem Leben. Das weiss ich, weil ich Fabian genauso liebe..." „Aber dich liebe ich auch!",* flüsterte er leise. *„Aber es ist nicht dasselbe",* fuhr *ich fort.* Ich legte mich in seinen Arm und beobachtete ein paar Möwen am Himmel. Er griff wieder nach meiner Hand und umschloss sie fest. Es war ein mächtiges Gefühl, dass ich für ihn empfand, unmöglich, es in Worte zu fassen. *„Wenn du Fabian wirklich liebst, dann solltest du ihm nichts davon erzählen...",* erklärte er knapp. *„Ich werde Svenja auch nichts davon erzählen. Es sind zwei völlig ver-*

schiedene Dinge, auch wenn sie das sicher nicht so sähe.“

Ich nickte. „Ich hatte sowieso nicht vor, ihm das zu erzählen, da könnte ich gleich das Todesurteil unserer Beziehung unterschreiben.“

„Aber wenn ich zwischendurch dieses Gefühl haben sollte, dich küssen zu müssen, dann werde ich das weiterhin tun...“, erklärte er trotzig. Ich musste laut lachen. Damit konnte ich mich abfinden. *„Dann ist ja alles gut...“*, sagte *er zufrieden.*

Ich hatte Fabian eine Textnachricht geschrieben, dass wir gegen elf Uhr abends in Genf landen würden und er wollte mich unbedingt vom Flughafen abholen. Svenja ebenfalls.

Im Flugzeug bekamen wir ein Sandwich und ein Getränk, dann war es verhältnismässig ruhig, da die meisten Leute schlafen wollten. Andreas bot mir seine Schulter an und ich nahm dankend an. Dann sank ich in einen kurzen Schlaf und träumte vom Strand in Howth und wie ruhig und wunderschön es dort gewesen war. In diesem Moment fragte ich mich, weshalb ich das aufgegeben hatte.

Plötzlich wurde das Flugzeug heftig durchgeschüttelt und ich rappelte mich schlaftrunken auf. *„Ein paar Luftturbulenzen“*, beruhigte mich Andreas. *„Nicht weiter schlimm...*

Gut geschlafen?" „*Ich habe was Schönes geträumt"*, *schwärmte ich* und kuschelte mich wieder in seinen Arm, wo ich mich geborgen fühlte. „*Ich muss dir was Lustiges erzählen"*, *sagte Andreas plötzlich. „Als ich da unter all diesen Steinen lag, nachdem ich angeschossen worden war..."* Er sprach so verdammt locker darüber, so als ob es ihm gar nichts ausgemacht hatte. „*Tut mir leid"*, *meinte er einfühlsam.* „*Na los, erzähl schon deine lustige Geschichte!"*, *schimpfte ich.* Er sollte mir besser etwas anderes erzählen, als dass er beinahe erschossen worden war. „*Ich lag also da und es kam die ganze Zeit niemand vorbei. Hinter mir lagen Felsen und vor mir konnte ich nur ein kleines Strässchen ausmachen, das weit entfernt lag. Doch plötzlich sah ich dort jemanden entlanglaufen und ich hatte schon Hoffnung, dass derjenige mir helfen würde. Also winkte ich und ruderte dabei mit beiden Armen. Schreien konnte ich ja nicht, da ich kaum atmen konnte. Es war eine ältere Person, die am Stock ging. Sie hielt und du glaubst nicht, was sie getan hat..."* Er schmunzelte. „*Sie stand einfach so da und winkte fröhlich zurück, dann lief sie weiter und verschwand..."* Ich musste schallend lachen, da ich sein Bild genau vor Augen hatte. Ein Herr neben mir räusperte sich verständnislos. Ich blickte ihn fragend an. „Es immer wieder schön, zu sehen, dass manche Leute es äusserst lustig finden, wenn eine Turbine ausfällt…“, schimpfte er ausser sich. Andreas beugte sich über mich und erklärte sofort: „Das tut mir sehr leid, entschuldigen Sie, meine Freundin ist geistig behindert…“ Er zuckte mit den Schultern und der Mann neben mir nickte wissend. „Ja dann“, meinte er nur knapp.

„Verdammt, du bist ja richtig fies!“, klagte ich eine Sekunde später. „‚ Tut mir leid, meine Freundin ist geistig behindert‘ “, äffte ich ihn wütend nach. Andreas drückte mir einen Kuss auf die Wange. *„Nicht aufregen, Schätzchen, du willst diesem Mann doch nicht auch noch eine Beziehungskrise vorspielen, oder?“* In diesem Moment hätte ich ihm am liebsten meine Faust mitten ins Gesicht geschlagen, doch da wir uns in der Öffentlichkeit befanden, musste ich mich zusammennehmen. Ausserdem galt ich ja schon als geistig behindert, also wollte ich nicht auch noch als gewalttätige, geistig Behinderte gelten.

Andreas quittierte das Ganze mit einem fiesen Lächeln. Trotz allem kuschelte ich mich wieder in seine Arme und döste vor mich hin. Ich spürte seine enorme Zuneigung.

Als wir in Genf landeten, war ich richtig traurig, mich von Andreas lösen zu müssen. Er küsste mich lachend aufs Haar. *„Fertig geträumt, Prinzessin!“*

Es war eine richtig komische Situation in der Empfangshalle. Fabian umarmte mich innig, während Svenja mich mit einem Blick, den ich nicht deuten konnte, musterte. Ich spürte allerdings, dass sie misstrauisch und irgendwie auch wütend war. „Was machst du auch für Sachen?“, fragte sie Andreas vorwurfsvoll und drückte ihn fest an sich.

„Was ist in Irland eigentlich genau passiert?“, wollte Fabian wissen, als wir zu Hause angekommen waren. Ich blieb wie angewurzelt stehen. Hatte er irgendetwas bemerkt? War es naheliegend zu denken, dass zwischen Andreas und mir etwas gelaufen war?

„Ich meine, was ist passiert, dass du so überstürzt aufgebrochen bist? Er hat sich das Bein gebrochen… Ja, aber…“, fuhr er fort und ich war erleichtert, dass er von etwas anderem sprach. Ich stand vor ihn, meine Gedanken kreisten nur darum, dass ich ihn eigentlich betrogen hatte und ihn jeden weiteren Tag, den wir zusammen verbringen würden, belügen würde.

Er hob mein Gesicht an, damit ich ihn ansehen musste. „Erklär es mir, damit ich es verstehen kann." Der Vorwurf, der sich hinter dieser Aufforderung versteckte, machte mich traurig. War mir Andreas wichtiger als Fabian? Und als ich die Antwort darauf wusste, schossen mir die Tränen in die Augen. Fabian bemerkte es und strich sanft über mein Gesicht. Ich versuchte krampfhaft, die Tränen zurückzuhalten und es gelang mir sogar. Nachdem ich mich etwas gefangen hatte, erklärte ich: „Er ist angeschossen worden, die Felsen hinuntergefallen und konnte kaum mehr atmen, da er unter Steinen begraben war...", flüsterte ich leise. Meine Augen senkten sich auf seine Schultern. Ich wollte nicht, dass er die enorme Gefühlsregung in mir mitbekam. „Ich habe es nicht mehr ausgehalten, seine grossen Schmerzen zu spüren, ich wollte ihm helfen. Ich hatte Angst um ihn." Fabian nahm mich wortlos in die Arme und drückte mich fest an sich. Er fragte nichts mehr, sondern war einfach nur für mich da; das, was ich so sehr an ihm liebte.

Kapitel 10

Svenja verhielt sich mir gegenüber immer merkwürdiger. Ich war froh, dass sie nichts von unserer Nacht in Dublin wusste, sonst wäre sie mir wohl an die Gurgel gesprungen, und Fabian wäre sehr wahrscheinlich auch nicht gerade erfreut gewesen.

Selbst als ich mit den Hochzeitsvorbereitungen helfen wollte, blockte Svenja ab. „Lass mal, ich habe einen Hochzeitsplaner engagiert, damit alles perfekt wird." Wieder bedachte sie mich mit diesem Blick. „Wo wird sie stattfinden?", fragte ich neugierig. „In der Kirche, ich möchte traditionell heiraten." Und obwohl ich Andreas nie danach gefragt hatte, wusste ich, dass er Kirchen nicht mochte und ich hätte meinen Allerwertesten darauf verwettet, dass er einen Strand oder ein Schiff bevorzugt hätte. Doch was tut man nicht alles für die Liebe und für den anderen?

„Wenn ich sie damit glücklich machen kann, dann tue ich es", erwiderte Andreas knapp und ich verkniff mir jeden weiteren Gedanken.

Ich versuchte, an Howth zu denken und ein glückliches Lächeln erschien auf meinem Gesicht. Irland musste man einfach lieben, wenn man ab und zu Einsamkeit geniessen wollte. Es war ein unglaubliches Gefühl, diesen langen Strand entlang zu laufen und keine Menschenseele anzutreffen.

Es war ein komisches Gefühl, Andreas in der Kirche als Bräutigam zu sehen. Es war mir klar gewesen, dass die beiden irgendwann heiraten würden und ich konnte dieses unbekannte Gefühl, das ich empfand, nicht beschreiben. In meinem Kopf kreisten wirre Gedanken umher. Ich dachte an die Nähe zu Andreas, auch an Dublin, und dennoch freute ich mich für ihn. Ich spürte, wie mich Andreas ansah, doch ich konnte meinen Blick nicht heben. Erst als die Orgel den bekannten Hochzeitsmarsch spielte, hob ich schlagartig den Kopf und sah ihn ein paar Meter von mir entfernt. Er blickte mich wehmütig an; ich merkte, dass er mich verstand und das machte alles nur noch schlimmer. *„Ich freue mich für euch!", dachte ich leise*, doch ich wusste nicht, ob meine Gedanken auch wirklich das sagten, was ich fühlte. *„Ich werde dich immer lieben...", sagte er warm.* Das war so absurd und verrückt, dass es schon wieder komisch war. Er zog einen Mundwinkel hoch. Ich wusste, dass auch er eine Wehmut empfand, selbst wenn wir beide wussten, dass uns keine Ehe der Welt voneinander trennen konnte. Unsere

Verbindung schien auf Lebenszeit ausgerichtet zu sein. Andreas nickte, löste seinen Blick von mir und richtete ihn auf seine zukünftige Frau.

Svenja sah wunderschön aus, als sie den langen Gang zu uns nach vorne schritt. Auf ihrem Gesicht war ein überglückliches Lächeln zu sehen und ihre Augen funkelten Andreas an.

Als sie vorne angekommen war, ergriff Andreas ihre Hände. Das komische Gefühl verschwand nicht. Ich versuchte, gegen meine eigenen Gedanken anzukämpfen, doch ich verlor den Kampf jedes Mal.

Svenja trug ihre gewellten, braunen Haare offen. Sie lagen wie ein seidener Schleier auf ihren Schultern. Aus ihren strahlend blauen Augen traten Blitze hervor. Sie reichte mir den Brautstrauss und wandte sich dann wieder Andreas zu.

Nach einer kurzen Einleitung über Gott und die Welt richtete sich der Pfarrer an Svenja: „Willst du, Svenja Sommer, den hier anwesenden Andreas Dreier zu deinem Ehemann nehmen, ihn lieben und ehren, bis dass der Tod euch scheidet?" „Ja, ich will", antwortete sie glücklich. Sie drückte Andreas' Hände. „Und willst du, Andreas Dreier, die hier anwesende Svenja Sommer zu deiner Gattin nehmen, sie lieben und ehren, bis dass der Tod euch scheidet?" In meinem Kopf flitzten Gedanken umher, ich versuchte sie zu verdrängen, doch dann *schrie ich: „Nein!"* Andreas hob schlagartig den Kopf, doch ich blickte zu Boden. Am liebsten wäre ich aus der Kirche gerannt, so sehr schämte ich mich. Verdammt, ich freute mich doch für sie und dennoch schien es etwas in mir zu geben, das anders dachte. „Ja, ich will", erwiderte Andreas. Ich war erleichtert und ich merkte, wie der Teil in mir, den ich nicht kontrollieren konnte und der sich so gesträubt hatte, plötzlich zur Ruhe kam.

„Nun denn… sofern niemand etwas gegen diese Ehe einzuwenden hat", fuhr der Pfarrer fort und machte dann eine lange Pause. Es war totenstill in der Kirche. Ich liess den Brautstrauss zu Boden fallen, doch glücklicherweise machte er kein Geräusch. Andreas' Blick bohrte sich in meinen, dann fuhr der Pfarrer fort: „Ich erkläre euch hiermit zu Mann und Frau. Sie dürfen die Braut jetzt küssen!"

Kaum war das Brautpaar aus der Kirche gegangen, schlich ich mich aus dem Hinterausgang. Ich schaffte es, mir jeglichen Gedanken über Andreas zu verkneifen und lief über den Friedhof. Hier würde ich sicher keinen Hochzeitsgast vorfinden. Ich setzte mich auf eine Bank und vergrub mein Gesicht in den Händen. Ich wusste nicht, was mit mir los war. In meinem Innern fand ein grausamer Kampf statt und ich war hilfloser Zuschauer. Mein Blick schweifte über die Grabsteine meiner Mutter und meines Vaters. Ich stellte mir vor, wie sie hier stünden und mein Vater seine Hand auf meine Schulter legen würde, so wie er es immer getan hatte, wenn ich unglücklich war. Er zeigte mir damit, dass er für mich da war, auch wenn er sich niemals so in mich hatte einfühlen können wie Mam es gekonnt hatte. Plötzlich spürte ich, dass Andreas in der Nähe war. Ich wollte nicht, dass er mich so sah. Nach einer Weile bemerkte ich, dass er sich wieder entfernt hatte. Wieso musste er nur so verdammt rücksichtsvoll sein? Ich musste mich unter Kontrolle bringen, damit ich wieder zur Hochzeitsgesellschaft gehen konnte. Es war Svenjas und Andreas' Tag und den durfte ich ihnen auf keinen Fall verderben.

Ich atmete tief durch, rieb mir die Schläfen und erhob mich dann. Als ich das Tor des Friedhofs passierte, stand Fabian dort und blickte mich ruhig an. „Kommst du zurück zur Party?", fragte er leise. Wie lange hatte er wohl hier gestanden? Ich nickte zaghaft. „Deine Eltern wären bestimmt stolz darauf gewesen, dass ihre kleine Tochter heiratet…", murmelte er mitfühlend. Wieder nickte ich. Er drückte mich kurz an sich, dann liefen wir Hand in Hand zu den restlichen Gästen.

„*Kommst du klar?*", *fragte Andreas vorsichtig.* Es war das erste Mal, dass er nicht wusste, was in mir vorging; wie auch, wenn ich es nicht einmal selbst wusste. Er zog einen Mundwinkel hoch. Ich zuckte mit den Schultern. „*Sei mir nicht böse, aber ich bin froh, wenn ich nach Hause gehen kann...*", *erwiderte ich ehrlich.* Er nickte mir zu. Irgendwie war es absurd: Er befand sich am anderen Ende des Raumes und dennoch hatte ich das Gefühl, dass er direkt neben mir stand. Seine Stimme war so klar und deutlich wie immer, es schien immer dieselbe Lautstärke zu sein, egal ob er nun in Dublin stand oder direkt neben mir. Ich war mir sicher, ihn selbst im grössten Tumult hören zu können. „*Wieso sind wir nicht dazu bestimmt?*" Nun zuckte er mit den Schultern. „*Wieso sollten wir dazu bestimmt sein, für ewig aneinanderzukleben?*", grinste er. „*Nehmen wir mal an, Fabian und ich würden wieder von hier wegziehen, würdest du nicht auch irgendwie Sehnsucht nach mir haben? Selbst wenn wir weiterhin in Kontakt blieben, würdest du nicht meine Nähe vermissen?*" Er sah mich verständnislos an. „*Wie kannst du nur daran zweifeln? Du weisst, dass es mich umbringen würde... Selbst, wenn ich deine Nähe auch dann irgendwie spüren könnte.*" Ich seufzte innerlich. „*Und weshalb sollten* wir dann nicht für immer zusammen sein?“ Er lachte. „Weisst du was, ich glaube, dass dir der Bund fürs Leben, auch Ehe genannt, viel mehr bedeutet, als dir selbst bewusst ist. Du gibst zwar vor, diese Institution als nicht relevant anzusehen, doch dein Unterbewusstsein, welches ich momentan genau vor mir sehe, sagt dir genau das Gegenteil.“ Ich schnappte nach Luft und verstummte. Hatte er womöglich Recht? „Was denn sonst?

Kapitel 11

Die Tage vergingen und es wurde tiefer Winter. In dieser Zeit liebte ich nichts mehr, als mich mit einer heissen Tasse Kaffee, Tee oder Kakao auf der Couch zu verkriechen und Zeit mit Fabian zu verbringen. Ich schätzte es, dass er meine Gedanken nicht immer kannte, aber es war teils auch mühsam, wenn ich etwas zu erklären versuchte und er einfach nicht kapierte, was ich meinte. Allerdings kam dies selten vor.

Gegen Abend ging ich kurz in der Bibliothek vorbei; Svenja war damit beschäftigt, Medien einzuräumen, denn Kunden waren keine mehr da. „Na, Schwesterherz", begrüsste ich sie lächelnd. „Bist du gleich fertig hier?" „Fast, ja", antwortete sie knapp. „Hast du was vor?" Ich setzte mich auf ihren Bürostuhl und nickte. „Ich wollte etwas mit dir essen gehen. Wie wär's mit dem Italiener?" Svenja beäugte mich kritisch, dann fragte sie: „Wieso?" Ich zuckte mit den Schultern. „Musst du dein schlechtes Gewissen beruhigen?" Ich wurde hellhörig: „Wie bitte?" Sie blitzte mich an. „Du hast mich schon verstanden…" Sie knallte die Bücher ins Regal und atmete tief ein und aus. „Reg dich nicht auf, denk an das Baby!" Ich schob ihr den Bürostuhl hin, doch sie wurde nur noch wütender, also beschloss ich, aufzustehen und zu gehen. Doch Svenja versperrte mir den Weg und meinte ruhig: „Jetzt bist du schon mal da, dann können wir das auch regeln…" „Bitte, Svenja, lass uns ein andermal darüber reden, okay?", bat ich. „Weisst du, ich dachte, dass es besser würde mit der Hochzeit. Ich dachte, dass du endlich respektieren würdest, dass Andreas und ich zusammen sind, wir ein Kind bekommen und das alles…" Sie atmete noch heftiger und fasste sich an den Bauch. „Ich bin so verdammt eifersüchtig auf dich. Du kennst Andreas inn- und auswendig und ich muss mich unglaublich bemühen, dass ich die Dinge weiss, die eine gute Ehefrau wissen sollte. Ich bin nicht annähernd so verbunden mit ihm wie du und das macht mich wahnsinnig rasend vor Wut! Ich könnte…" „Svenja, bitte, beruhige dich!", flehte ich, dann schrie ich plötzlich und schlug die Hand vor den Mund. „Svenja…", sagte ich verzweifelt. Sie schien gar nicht zu bemerken, dass Blut an ihren Beinen hinunter rann. Als sie es endlich bemerkte, stürzte sie schreiend zu Boden und kugelte sich zusammen. Sie schrie vor Schmerz und weinte zugleich. Es war kaum mit anzusehen. Ich rief sofort den Notruf und ein paar Minuten später traf er ein. Sie trugen Svenja, die sich mittlerweile im Schockzustand befand, auf einer Trage nach unten. *„Andre-*

as", *schrie ich verzweifelt. „Svenja... Sie ist... das Baby!"*

Andreas sprang von seinem Stuhl auf, griff nach seiner Jacke und stürzte aus dem Büro. Er rannte und rannte, als könnte er noch etwas ändern. Ich spürte seine Verzweiflung, die sich mit meinem Schuldgefühl vermischte.

Ich beschloss, nicht ins Krankenhaus zu gehen. Ich konnte mir vorstellen, dass Svenja mich wahrscheinlich nie wieder sehen wollte. Verdammt, wieso war ich nicht einfach an Svenja vorbeigegangen, dann wäre das Ganze nicht passiert! Aber hätte ich sie womöglich verletzt, wenn ich mich gewaltsam an ihr vorbeigedrängt hätte? Ich ging nach Hause, wo Fabian schon in der Küche am Kochen war. „Hey Schatz, wie war dein Tag?", fragte er. Als er meinen Gesichtsausdruck sah, wurde er ernst. „Was ist los?" „Svenja hat das Baby verloren...", flüsterte ich leise. „Was?", rief Fabian ungläubig. „Wo ist sie?" Er wollte schon losstürzen, doch ich hielt ihn zurück. „Wir können nichts für sie tun. Andreas ist bei ihr im Krankenhaus...", sagte ich resigniert. Er nahm mich tröstend in den Arm. Ich fühlte mich einfach nur elend.

Ich konnte nicht einfach so herum sitzen und nichts tun. Ich schnappte mir meine Jacke und fuhr ins Büro. Es war klar, dass ich nichts Brauchbares auf die Reihe kriegen würde, doch ich musste mich ablenken. Ich entwickelte ein paar Fotos, dann setzte ich mich wieder an den Schreibtisch, nur um sogleich wieder aufzustehen, einen Kaffee zu machen, auf den Balkon zu treten und wieder ins Büro zurückzugehen. Ich konnte mich nicht konzentrieren; ich war nervös und unruhig wie ein Tiger in der Arena. Es war kurz nach Mitternacht, als ich immer noch rastlos hin und her ging. Ich legte mich auf die Couch und versuchte zu schlafen, doch meine Gedanken hämmerten in meinem Kopf und liessen mich wieder aufstehen. Schliesslich schlief ich völlig erschöpft über dem Schreibtisch ein. Es tat gut, als plötzlich alles um mich herum weg war und ich in dieses schwarze Loch fallen konnte.

Als ich am nächsten Morgen durch heftiges Klopfen an der Tür wach wurde, blinzelte ich verwirrt und fuhr sogleich mit meiner Hand an den Nacken. Er tat verdammt weh und mein ganzer Rücken schien in einer ganz blöden Situation zu Beton erstarrt zu sein. *„Ich muss mich beruhigen, ich muss..."* Ich öffnete langsam die Tür und Andreas stand vor mir. „Hallo!" Ich konnte kaum meine Augen offen halten. „Was hast du dir eigentlich dabei gedacht?", tobte er los und ich ging sicherheitshalber zwei Schritte zurück. *„Ich muss* *mich beruhigen!"*, schrie er sich selbst zu. *„Ich... ich wollte das nicht!"*, sagte ich verzweifelt, doch er schien mich gar nicht zu hören. „Du hast... mein Kind getötet!", schrie er ausser sich. Ich wollte auf ihn zugehen und ihn beruhigen, doch er schlug mir mitten ins Gesicht und ich fiel erneut in dieses schwarze Loch, doch diesmal etwas abrupter als gestern. Ich sank zu Boden und blieb bewusstlos liegen. Knock out und zwar volle Kanne.

Als ich wieder zur Besinnung kam, fand ich mich in Andreas' Armen wieder. Sein Gesicht sah ganz besorgt aus und entschuldigend. „Ich... es tut mir leid!", flüsterte er. „Bist du okay?" Er strich über mein Gesicht, mein ganzer Kopf schmerzte und irgendwo pulsierte es, doch ich konnte es nicht orten. „Es tut mir so leid!", sagte er erneut. Ich schloss die Augen. „Kleb mir ein Pflaster auf den Kopf und gib mir ein Aspirin, dann wird's schon wieder..." Er lächelte, dann legte er mich auf die Couch. *„Gott, welcher Teufel hat mich da geritten?"*, schimpfte er mit sich selbst. Ich hatte das Gefühl, Sterne sehen zu können, die sich im Kreis drehten. Jeden, der mir so etwas schon einmal erzählt hatte, hatte ich bisher ausgelacht, doch jetzt wusste ich genau, wie sich derjenige gefühlt haben musste. Andreas klebte mir oberhalb des rechten Auges ein Pflaster auf und etwas unterhalb ein kleineres. „Darf ich wenigstens erklären, wie es wirklich war oder schlägst du mich wieder?", fragte ich leise, die Augen immer noch geschlossen. Er nickte und ich spürte seine unglaubliche Reue, was er mir angetan hatte. Ich schickte ihm die Bilder rüber, die ich im Kopf hatte und ich spürte, wie er sich anspannte, doch ich musste weiterdenken, wenn ich ihm die Wahrheit vor Augen führen wollte. „Sie ist eifersüchtig auf dich?", fragte er ungläubig. Ich nickte langsam. Als ich das Ganze noch einmal durchgespielt hatte, sank ich erschöpft ins Kissen zurück und dachte an den schönen Strand, um mich abzulenken. Ich spürte, wie sich Andreas ebenfalls an den Strand klammerte und dass Tränen über sein Gesicht liefen. Ich strich über seine Haare und er versteckte sich an meinem Bauch und weinte bitter. Ich konnte ihm nicht helfen, nur indem ich einfach nur dalag und still sass. *„Wieso? Verdammt! Wieso nur?!"* Ich spürte den Kampf in seinem Innern, er kämpfte gegen den Drang an, alles in diesem Raum zu zerstören und er kämpfte dagegen an, in diese Taubheit zu verfallen und nichts mehr zu spüren. Denn diese Taubheit war noch viel schlimmer als die Realität, die zwar scheusslich und grausam war, die man aber doch irgendwie und irgendwann ertragen konnte.

„Wer hat dir das angetan?", wollte Fabian wissen, als ich wieder nach Hause kam. Ich wollte nicht darüber reden, doch er liess nicht locker. „Ich… niemand, ich bin die Treppe hinuntergefallen…" Er hielt mich an beiden Armen fest. „Wer war es?", wollte er wissen. Ich sah an ihm vorbei, dann flüsterte ich leise: „Andreas." Er atmete schwer ein und aus. „Verdammt! Ich…" „Nicht", flehte ich. „Es war ein Versehen. Er ist total fertig wegen Svenja…" Er nahm mich in den Arm. Wieso musste alles so kompliziert sein?

In den nächsten Tagen fühlte ich mich schrecklich. Ich fühlte zum ersten Mal, wie es war, wenn ein anderer Mensch einen derartigen Einfluss auf einen hatte. Ich war Andreas und fühlte mit jeder Faser meines Körpers, was in ihm vorging und es erdrückte mich beinahe. Wann immer ich nicht am Arbeiten war, verkroch ich mich im Bett und wollte allem entfliehen. Andreas spürte mit der Zeit, wie mies es mir ging und fühlte sich noch elender und somit fühlte ich mich noch schlechter. Es schien ein Teufelskreis zu sein. Fabian konnte es mit der Zeit kaum noch ansehen und versuchte, mich aufzuheitern.
Doch für dieses Problem gab es nur eine Lösung und die war Zeit, wie absurd das auch klang.

Nach ein paar Tagen wagte ich mich, Svenja zu besuchen. „Hast du jetzt, was du wolltest?", fragte sie weinend. Ich wäre am liebsten auf der Stelle wieder gegangen, doch Andreas hielt mich zurück. „Es tut mir leid", sagte ich mit gesenktem Kopf. Svenja lag auf dem Sofa, hatte die Augen geschlossen und zitterte am ganzen Leib. *„Lass mich gehen", bat ich Andreas*, doch er schüttelte den Kopf. Es blieb lange still und ich fühlte mich immer mieser. Schliesslich stiegen mir selbst die Tränen in die Augen. Ich versuchte, sie mit den Händen wegzuwischen. Andreas drückte meinen Nacken. *„Es tut mir so leid!", rief ich verzweifelt.* Er nickte. *„Ich weiss... Du trägst keine Schuld, es sollte wohl einfach nicht so sein."* Es machte mich noch trauriger, dass er so etwas dachte. Sie wären die besten Eltern der Welt geworden.

„Ich bin selbst schuld", sagte Svenja plötzlich in die vermeintliche Stille hinein. Ich blickte abrupt auf. „Ich konnte eure Verbindung wohl nie so richtig akzeptieren..." Sie verstummte und ein erneuter Schluchzer schüttelte sie. „Aber ich werde es versuchen", sagte sie heiser, dann weinte sie leise weiter. Ich zögerte erst, dann ergriff ich ihre Hand und drückte sie vorsichtig. Ich hörte, wie sie erneut schluchzte, dann spürte ich Andreas' Hand auf meinem Rücken.

Als die Weihnachtszeit kam, war ich überhaupt nicht in Feierstimmung. Ich kaufte die Geschenke in letzter Sekunde, was eigentlich ganz untypisch für mich war. Ich dachte immer erst sehr lange nach, bevor ich etwas verschenkte. Andreas und ich hatten ausgemacht, uns nichts zu schenken, da wir sowieso gleich wissen würden, was es war, sobald der andere das Geschenk gekauft hätte. *„Ausserdem bist du das beste Geschenk, das ich jemals bekommen habe…"* Andreas blickte mir ernst in die Augen. *„Und deshalb musst du eigentlich nur dafür sorgen, dass du mir auch erhalten bleibst",* lächelte er. Er küsste mich sanft, worauf ich zusammenzuckte. „Hast du kein schlechtes Gewissen?" Er schüttelte den Kopf. „Ich bin wohl der mieseste Ehemann der ganzen Welt." „Aber du wärst der beste Vater der Welt geworden", meinte ich zuversichtlich und traurig zugleich. Er nickte. „Ich hätte mir Mühe gegeben…" Aus seinem Auge trat plötzlich eine Träne, ich zeichnete sie mit meinem Finger nach, worauf er meine Hand umschloss und seine Stirn an meine legte. Wir mussten nicht miteinander sprechen, um zu wissen, was der andere fühlte.

Der Ofen piepste und ich raste in der Küche umher. Fabian deckte gerade den Tisch, als es plötzlich an der Tür klingelte. „Ah!", rief ich. „Sie sind viel zu früh!" „Ich geh' schon, Schatz!" „Hallo ihr zwei!" Svenja sah schon besser aus, aber irgendwie gezeichnet. Ich lächelte ihr zu. „Herzlich willkommen!" „Es riecht fantastisch!" Andreas sog genüsslich den Duft ein. „Setzt euch, Fabian wird euch den Aperitif bringen…" Fabian machte vier Martinis und wir stiessen an. Svenja sah wehmütig aus, doch sie trank tapfer einen ersten Schluck.

„Ihr habt einen schönen Weihnachtsbaum", sagte sie dann. „Du glaubst nicht, was das für eine Tortur war, den hierherzubringen", lachte Fabian. Und dann erzählte er die Geschichte von unserer Fahrt in die Stadt, wie wir versucht hatten, den Baum ins Auto zu quetschen und ihn dann schliesslich aber doch aufs Dach binden mussten und wie er uns während der Fahrt runter gefallen war und wir den ganzen Verkehr blockiert hatten. Svenja lächelte, es schien sie zumindest etwas aufzuheitern.

Kurz darauf brachte ich den Truthahn mit Reis und Gemüse. „Noch jemand Salat?", erkundigte ich mich und gab die Schüssel weiter an Fabian.

„Andreas wird bald wieder nach Irland reisen…", versuchte Svenja das Gespräch aufrecht zu erhalten und ich glaubte, mich verhört zu haben. Ich liess mein Weinglas fallen und es zersprang auf dem Boden. Der Wein verteilte sich in einer grossen Lache auf dem Boden. Mein Blick bohrte sich in den von Andreas. *„Glaubst du eigentlich, dass das witzig ist?" „Du weisst, dass ich muss"*, erwiderte er nachdenklich. *„Du musst gar nichts!"*, schrie ich. *„Verdammt, es ist ein Glück, dass du überhaupt noch lebst. Wenn du diese Leute noch mehr provozierst…" „Ich brauche die Story!"* Ich sah ihn voller Unverständnis an. Wie konnte er nur so egoistisch sein? „Ich hoffe nur, er passt diesmal etwas besser auf sich auf!", meinte sie ernst. „Dein Bein ist ja noch nicht vollständig verheilt." *„Du könntest nicht einmal fliehen! Verdammte Scheisse, du bist ein Arschloch!"* Ich war ausser mir vor Wut. „Ich brauche die Stöcke ja nicht mehr. Die Stütze reicht aus." Es schien ihm völlig egal zu sein, dass ich jede einzelne Sekunde, in der er weg wäre, vor Angst sterben würde.

„Lasst uns Geschenke auspacken", schlug Fabian vor. Er hatte bemerkt, dass die Situation mehr als angespannt war. Er zauberte sofort eines hervor und überreichte es Andreas und Svenja. „Von uns…", fügte er an. Ich erhob mich und füllte das Geschirr in die Spülmaschine. In meinem Kopf tobte die blanke Wut. Ich wischte die Glasscherben weg und reinigte den Boden von den Weinflecken. Dann liess ich mich wieder auf den Stuhl sinken und schloss kurz die Augen. Ich musste mich beruhigen. Plötzlich kniete Fabian vor mir nieder und küsste meine beiden Hände. Er streckte mir ein kleines Couvert entgegen, welches ich ergriff. Ich küsste ihn. „Danke!" Er schüttelte den Kopf. „Erst aufmachen…" Ich öffnete das Couvert, worin ich zwei Flugtickets fand und einen kleinen Brief.

Mein Sonnenschein
Die letzte Zeit mir dir war sehr aufregend, doch ich glaube daran muss ich gewöhnen, wenn ich mein Leben mit dir verbringen möchte, und das möchte ich wirklich von ganzem Herzen. Es ist nicht einfach, dem Drang zu widerstehen, dich endlich um deine Hand zu bitten, doch ich übe mich in Geduld. Allerdings habe ich mir überlegt, wenn wir schon nicht heiraten, dann könnten wir unser Geld doch wenigstens anders verpulvern, oder?

„Und deshalb frage ich dich hiermit,", Fabian öffnete ein kleines Schächtelchen und nahm einen Ring heraus, „ob du diese aufregende Reise an meiner Seite antreten und mich hiermit zu deinem Reisebegleiter nehmen willst?" Ich lachte glücklich und fiel ihm um den Hals. „Ja, ich will!" „War das ein Heiratsantrag?", flüsterte Svenja leise zu Andreas, doch der zuckte nur mit den Schultern.

Wir machten also eine Reise. Mit dem Ring zeigte Fabian mir seine Verbundenheit und Liebe und irgendwie fühlte ich mich schon fast als seine Frau, obwohl wir nur eine Reise machten.

Wir flogen ein paar Tage später in den Süden von Gran Canaria. In der Calle Punta del Roquito hatte Fabian einen wunderschönen Bungalow gemietet, von dem man nur wenige Minuten bis zum Meer laufen musste. Im Bungalow selbst gab es einen Pool, einen Kamin und eine Terrasse mit Meersicht. Es tat mir richtig gut, einmal nur Zeit mit ihm zu verbringen und abzuschalten. Wir waren irgendwie in letzter Zeit viel zu kurz gekommen und deshalb hatten wir es jetzt so richtig verdient. Wir lagen am Strand, genossen die warme Sonne, schlemmten in der Küche, hatten wilden Sex und genossen die Nähe des anderen wie schon lange nicht mehr. Hier gab es nichts, was uns belastete: kein Job, kein Andreas und keine Svenja. Es war unbeschreiblich schön und am liebsten hätte ich Fabian selbst um seine Hand angehalten, doch das ging dann doch gegen mein Prinzip. Ich war auch an dem Punkt angelangt, an dem ich mich fragte, weshalb ich eine Rangliste erstellen sollte. Es war unsinnig, darüber nachzudenken, ob mir Fabian oder Andreas wichtiger war. Fakt war, dass ich beide brauchte und beide liebte, egal, welchen von beiden ich nun mehr liebte. Ich hörte auf, meine Zeit damit zu verschwenden, über Dinge nachzudenken, die ich eigentlich gar nicht wissen wollte.

Plötzlich spürte ich Fabians weiche Lippen in meinem Mundwinkel und ich blinzelte lächelnd. Er hatte mir eine Piña Colada gebracht. Die Sonne glitzerte in seinen Augen. Ich sah die ehrliche Liebe, die er ausstrahlte und mir wurde sofort warm ums Herz. „Lass uns erst eine Runde im Meer drehen…", forderte ich ihn auf und zog ihn an der Hand ins kühle Nass. Wir trieben auf den sanften Wogen, es gab nur uns zwei und die untergehende Sonne am Horizont. Es war ein perfekter Moment.

„Ich liebe dich mehr als alles andere auf der Welt!", flüsterte mir Fabian leise ins Ohr. Ich umarmte ihn fest und beobachtete den Sonnenuntergang. „Lass mich nie wieder los…", sagte ich leise. Ich wusste, dass es nie wieder so schön werden würde wie in diesem Moment und das machte mir

Angst. Ich klammerte mich an ihn und an diesen Moment. Ich wollte nicht, dass er vorbei war.

Aber so wie alles irgendwann vorbei war, war nach einer Woche eben auch unser Traumurlaub zu Ende. Wir hatten Wellenreiten ausprobiert, waren sogar einmal reiten gegangen und hatten vor allem Energie am Strand getankt, da der Winter zu Hause noch längst nicht vorbei war.

Kapitel 12

Als Andreas nach Irland aufbrach, hatte ich kein gutes Gefühl. Er wusste, was in mir vorging und dennoch ging er. Ich schien ihm egal zu sein. *„Hör auf, so etwas zu denken!"*, sagte er. *„Und wieso gehst du dann?" „Ich muss... Etwas in mir treibt mich dazu. Ich kann nicht anders."* Ich schloss die Augen und atmete langsam ein und aus. *„Wenn ich dich bitten würde, hier zu bleiben, würdest du es tun?"* Er musterte mich nachdenklich. *„Das hat bisher noch niemand von mir verlangt."* Ich schlug die Augen wieder auf. *„Dann spring über deinen Schatten und tu es für mich!"* Er schüttelte den Kopf. *„Ich kann nicht zusehen, wie unrechte Dinge geschehen und Menschen schlecht behandelt werden... Ich habe eine Intuition, wenn auch ein männliche, und die sagt mir, dass ich die Scheisse da oben aufdecken muss und zwar bald, sonst wird es noch mehr Tote geben."* Ich nickte tapfer. *„Wenn du musst... dann musst du."* Ich begann, am ganzen Leib zu zittern. Was war nur mit mir los? Andreas kam auf mich zu und schloss mich in seine Arme. Die Tränen liefen über mein Gesicht. Ich drückte ihn so fest wie noch nie an mich. „Schsch...", versuchte er, mich zu beruhigen. *„Ich bin bald wieder da..." „Ich müsste dir mitten* *ins Gesicht schlagen dafür, dass du dein Leben erneut aufs Spiel setzt!"*

Und dann ging er zu seinem Wagen und fuhr zum Flughafen. Es war wie ein sauberer Schnitt. Neue Szene.

„Jana Sommer, was kann ich für Sie tun?" „Mein Name ist Seiler von der Firma Bodenmann. Guten Tag! Ich wollte Sie fragen, ob Sie unser Firmenlogo neu gestalten könnten?" Ich bejahte. „Würden Sie es schaffen, auf Freitag eine Präsentation vorzubereiten?", fragte er weiter. Ich seufzte innerlich, wieso mussten die auch immer so Druck machen? Das war Übermorgen. „Geht in Ordnung, können Sie mir Ihre Unterlagen und Ihr Leitbild faxen?"

Ich hatte schnell ein paar passende Logos zusammengestellt, doch Morgen würde ich sie alle noch einmal über den Haufen werfen, das war klar. Also knipste ich entschlossen die Lampe in meinem Büro aus und fuhr nach Hause. Ich war nie mehr zu Fuss nach Hause gegangen, seit ich damals überfallen worden war. Wahrscheinlich war ich jetzt traumatisiert, keine Ahnung. Und ausserdem war der, der mich hätte retten können, in Dublin.

Als ich am Freitag in die Firma Bodenmann kam und mit dem Lift in den siebten Stock fuhr, hatte ich ein mulmiges Gefühl, doch nicht wegen der Präsentation, es war etwas anderes. Ich versuchte es abzuschütteln aber das Gefühl blieb. „Guten Morgen, Frau Sommer, vielen Dank, dass Sie die Zeit gefunden haben", bedankte sich Herr Seiler ehrlich. Ich merkte sofort, dass er unter einem einflussreichen Chef stehen musste, denn er war tierisch nervös. Er schien seine ganze Hoffnung in mich zu setzen. Ich liess mich nicht davon beirren und startete meinen Laptop und die PowerPoint-Präsentation.

„Sehr geehrte Damen und Herren", begrüsste ich die versammelte Gruppe von etwa zwei Dutzend Mitarbeitern. „Mein Name ist Jana Sommer, ich möchte Sie ganz herzlich zu meiner Kurzpräsentation über das neue Firmenlogo begrüssen. Ich habe, wie Sie gewünscht haben, acht verschiedene Logos erstellt und möchte Ihnen nun eine kleine Geschichte zu jedem einzelnen erzählen und Ihnen somit zeigen, welches Ihr Leitbild am besten verkörpert oder welches Ihr Ansehen gebührend würdigt. Kommen wir nun zum ersten Logo…" Ich klickte weiter. Aus dem Augenwinkel konnte ich sehen, wie Herr Seiler schwitzte und immer wieder zu seinem Chef hinüber blickte. Wahrscheinlich würde er ihn feuern, wenn ich versagte.

Plötzlich schwankte ich und musste mich an der Stuhllehne festhalten. Meine Sicht wurde getrübt, ich verlor die Kontrolle über meinen Körper. Ich fühlte eine unglaubliche Angst und machte zwei Schritte zurück. Dann sah ich einen schwarz gekleideten Mann vor mir, der mir eine Waffe direkt unter die Nase hielt. *„Andreas!", keuchte ich. „Was schnüffeln Sie in meinen Angelegenheiten herum? Das geht Sie nichts an!" „Ich weiss, dass Sie unschuldige Menschen foltern und Frauen an russische Rotlichtmilieus verkaufen!", knurrte Andreas und versuchte, dem Mann die Waffe zu entreissen. „Andreas!", schrie ich verzweifelt.* In meinem Kopf pochte es, ich glaubte, er würde zerplatzen. *Die beiden wälzten sich am Boden und rauften wie kleine Jungs, dann löste sich plötzlich ein Schuss.* Ich wurde einen Meter nach hinten geschleudert und fasste mir mit schmerzverzerrtem Gesicht an die Brust, ehe ich in das schwarze Loch fiel und reglos auf dem Boden liegen blieb.

Kapitel 13

„Frau Sommer?" Ein Arzt leuchtete mich mit einer kleinen Lampe an, öffnete meine geschlossenen Lider und kontrollierte meine Pupillen. Ich musste im Krankenhaus sein. Ich wollte meine Augen gar nicht öffnen, er sollte wieder gehen. Mich alleine lassen. *„Andreas?"*, *fragte ich verzweifelt.* Ich spürte die Träne, die aus meinem linken Auge trat und auf das weisse Laken tropfte. *„Andreas!!", schrie ich. „Andreas!!"* Er antwortete nicht. Er würde nie mehr antworten. Obwohl ich es mit jeder einzelnen Faser meines Körpers spürte, dass er tot war, wollte ich es nicht glauben. Es fühlte sich an, als sei ich nur zur Hälfte da, als sei meine Seele wieder einsam geworden und als ich diese Tatsache erkannte, schrie ich laut. Der Arzt wollte mich beruhigen, indem er auf mich einredete, doch ich schrie weiter. Ich musste dem Schmerz in meiner Seele freien Lauf lassen. Ich öffnete die Augen erst, als der Arzt verschwunden war. Wieso war ich überhaupt hier? Ich schlug schlagartig die Augen auf und erhob mich. Etwas zu schnell, denn im nächsten Moment legte ich mich flach auf den Boden. Nach wenigen Sekunden kam ich wieder zu mir und stand erneut auf, diesmal etwas vorsichtiger.

Ich nahm meine Tasche vom Boden auf und verliess das Zimmer fluchtartig. Ich wusste, dass mir nichts fehlte, wenigstens nichts physisches, also konnte ich mit gutem Gewissen dieses verdammte Krankenhaus verlassen.

Ich lief nach Hause und verkroch mich im Bett. Es war Mitte Nachmittag. Ich liess alle Rollläden runter, um in der Dunkelheit versinken zu können. Ich wälzte mich hin und her, hatte einen Albtraum nach dem anderen, in dem ich Andreas hinterher jagte und versuchte, ihn aufzuhalten, doch er rannte und rannte und es gab nichts, mit dem ich ihn je hätte aufhalten können. Ich schreckte jedes Mal hoch und atmete schwer. Dann weinte und schrie ich und sank in den nächsten Albtraum. Als ich wieder einmal hoch schreckte, war plötzlich Fabian an meiner Seite und nahm mich tröstend in den Arm. Ich weinte ungehemmt. „Was ist los, Schatz?", wollte er einfühlsam wissen. Ich schüttelte den Kopf und verkroch mich bei ihm. Wieder einmal mehr schätzte ich es, dass er keine weiteren Fragen stellte. Er war einfach da.

Ich verbarrikadierte mich in unserem Schlafzimmer und kam nicht mehr raus. Als am nächsten Morgen das Telefon klingelte und Fabian kurz darauf ins Zimmer kam und mich erneut in den Arm nahm, brach ich unter einem Tränen-schwall zusammen. „Ich muss kurz zu Svenja rüber…“, sagte er behutsam. Ich nickte tapfer. Er strich über meine Wange und drückte mir einen sanften Kuss auf das verwein-te Gesicht.

Doch als Fabian die Wohnung verlassen wollte, klingelte das Telefon erneut. Er zögerte und drehte sich dann um, um zu antworten. „Fabian Sutter?“ Er unterhielt sich eine Weile leise, dann liess er das Telefon seufzend sinken und verliess die Wohnung endgültig.

„Bist du da?“, fragte ich leise in die Stille hinein, doch es kam keine Antwort. Sonst hatte ich Andreas' Anwesenheit immer gespürt, ich hatte gewusst, dass er bei mir war. Jetzt aber fühlte ich nichts, ich hatte das Gefühl, taub zu sein. Es konnte doch nicht sein, dass unsere Verbindung, die so stark gewesen war wie keine andere, den Tod nicht überdauerte. Oder doch? Lautlos liefen mir die Tränen über die Wangen. Wenn ich jemals an einen Gott geglaubt hatte, dann stellte ich ihn jetzt mehr denn je in Frage. Wie konnte er mir nur das nehmen, was im letzten Jahr mein Grund geworden war, überhaupt zu leben und nicht einfach von einer Klippe zu springen?

Es war klar, dass Gerechtigkeit nicht existierte. Nicht hier, nicht auf dieser Welt. Ich fragte mich, wo Andreas jetzt war. Es musste ruhig und friedlich sein, da wo er hingekommen war. Dieser ganze Gedankenfluss wurde immer wieder durch einen Tränenschwall unterbrochen. Schliesslich zog ich die Decke über den Kopf und versuchte, dem Ganzen zu entfliehen.

Ich fühlte mich, als hätte man mich ins kalte Wasser geworfen. Meine Arme waren zu schwach, um mich an der Wasseroberfläche zu halten und so sank ich immer weiter in die Tiefe. Doch diesmal würde Andreas mich nicht mehr hören. Er war weg.

„Jana?" Fabian brachte mir eine Suppe und stellte sie auf den Nachttisch, doch ich rührte sie nicht an. „Wie geht es dir?", wollte er wissen. „Das Krankenhaus hat vorhin angerufen, sie sagten, du seist heute Mittag einfach verschwunden. Sie wollten sich erkundigen, ob du heil nach Hause gekommen bist…" Er strich mir die Haare aus dem Gesicht und blickte mich traurig an. „Er war meine zweite Hälfte…", flüsterte ich von dem ganzen Schreien und Weinen ganz heiser. Ich bemerkte den Schmerz in Fabians Augen nicht, denn meine Augen füllten sich erneut mit Tränen. Er ergriff meine Hand und drückte sie fest. „Ich habe es *gefühlt*, wie Andreas erschossen wurde. Ich war in diesem Moment er und musste hilflos mit ansehen, wie dieses Arschloch ihn, mich, uns erschossen hat…" Ich schluchzte. „Tut dir etwas weh?" Fabian schien mich ernst zu nehmen. Ich deutete auf die Stelle, an der die Kugel Andreas und mich getroffen hatte. Fabian knöpfte vorsichtig meine Bluse auf, dann schreckte er plötzlich zurück. „Was ist?", fragte ich irritiert. „Du… hast eine Narbe über deiner linken Brust. Sieht aus wie eine verheilte Schusswunde." Er betrachtete mich nachdenklich, ich hingegen sprang auf und rannte ins Badezimmer. Tatsächlich trug ich eine glänzende Narbe auf dem Körper. „Wie ist das möglich?", rief ich hysterisch. „Eure Verbindung scheint wohl sehr stark gewesen zu sein…", murmelte Fabian ungläubig. „Aber wieso eine Narbe?" Er schüttelte den Kopf. „Ich weiss es nicht."

Als uns Svenja ein paar Tage später bat, mit ins Leichenschauhaus zu kommen, lehnte ich erst ab, doch Fabian sagte, ich müsse damit abschliessen. Seit wann sagte er mir, was ich zu tun und zu lassen hatte?
Ich wollte Andreas nicht sehen, es war ein Witz. Seine Seele war aus ihm gewichen und ich wollte seine leblose Hülle

nicht sehen. Dazu konnte mich niemand zwingen. Svenja
kam ganz bleich wieder aus der Halle raus. Fabian musste
sie stützen, damit sie nicht zusammenbrach. „Die Sachen
Ihres Mannes befinden sich im Nebenraum…“, erklärte uns
ein älterer, kleiner Mann mit Brille und weissem Kittel.
„Wer hätte gedacht, dass ihn eines Tages sein Beruf ins
Grab bringt?“, zischte Svenja sarkastisch, dann brach sie
zusammen. Fabian stützte sie, sprach auf sie ein, doch sie
konnte sich kaum beruhigen. „Können Sie bitte alles in eine
Kiste verpacken?“, fragte ich den Mann mit glänzenden
Augen. Er nickte und überreichte mir dann den Karton.
„Lasst uns rausgehen!“, forderte ich die anderen auf und sie
folgten mir zum Ausgang.

„Wieso wolltest du ihn nicht sehen?“, fragte mich Svenja
draussen. „Für mich war seine Seele tausendmal mehr Wert
als sein Körper. Ich wollte dieses Bild nicht zerstören…“
Sie lächelte warm. „Du hast ihn geliebt, nicht wahr?“ Ich
nickte und drückte gleichzeitig Fabians Hand. Die Tränen
traten mir in die Augen. Svenja umarmte mich fest. „Ich
habe es akzeptiert. Hätte ich es früher getan, dann hätten wir
in ein paar Monaten vielleicht einen kleinen Andreas gehabt…“ Ihre Augen glänzten traurig. „Schicksal, richtig?“,

fragte sie zermürbt. Ich fuhr tröstend über ihren Rücken. Das Leben war grausam und man sollte nicht zu viel darüber nachdenken, wieso schlimme Dinge passierten, denn man konnte sie ja doch nicht ändern.

Kapitel 14

Allerdings war für mich nach einigen Tagen klar, dass es so nicht weiter gehen konnte. Ich hatte das Gefühl, Andreas endgültig verloren zu haben. In der wahnsinnigen Wunschidee, mich ihm an den Orten, an denen wir zusammen gewesen waren, näher zu fühlen, brach ich schliesslich nach Irland auf. Ich werde Fabians traurigen Gesichtsausdruck niemals vergessen. Ich hatte einen Mann wie ihn nicht verdient, das war mir klar geworden. Diese bedingungslose und aufrichtige Liebe konnte ich nicht erwidern. Er liess mich gehen, doch ich sah ihm an, dass ich ihm damit das Herz brach.

Als ich hierhergekommen war vor einem knappen Jahr, wollte ich mich mehr um meine Schwester kümmern, wollte Dinge wieder in Ordnung bringen. Und jetzt? Ich hatte auf der ganzen Linie versagt. Die Frage, wer mir wichtiger war, war somit ebenfalls geklärt. Auch wenn sich mein Kopf dagegen sträubte, wusste mein Herz, wo es lang ging.

Ich hatte Andreas' Unterlagen mitgenommen und Svenja hatte mir seine Kette überlassen: ein schlichter Bernstein an einem schwarzen Lederbändchen.

Meine Narbe schmerzte noch immer. Ich fragte mich, ob sie je aufhören würde weh zu tun oder ob ich nun gebrandmarkt war.

Als ich im Flugzeug nach Irland sass, sah ich Andreas' Unterlagen durch und stiess kurz darauf auf eine dicke Mappe mit der Aufschrift „ Dublin ", welche vom Regen etwas verwischt war. Ich öffnete sie. Ich spürte schon wieder, wie mir die Tränen in die Augen stiegen, doch diesmal war ich stärker. Ich sah mir mehrere Fotos von einem Mann an, der neben sich ein paar junge Mädchen stehen hatte, die allesamt aussahen, als seien sie dem Tode geweiht. Das musste dieser Sir Medley sein, von dem Andreas so viel gesprochen hatte. Die Fotos bewiesen fast vollständig, weswegen Andreas ihn angeklagt hatte. Transport junger Mädchen in russische Rotlichtmilieus. Widerlich. Aber was war mit der Folter?

Ich entdeckte in dem Karton eine Digitalkamera, vielleicht waren die letzten Fotos noch darauf? Vielleicht aber waren sie auch von Medley selbst gelöscht worden, nachdem er Andreas umgelegt hatte. Meine Hand verkrampfte sich um den Karton und ich musste an den Strand denken, um mich abzulenken. Ich las zahlreiche Notizen und Merkzettel durch, die Andreas an praktisch jedes einzelne Foto geklebt hatte, doch nach einer Weile wurde mir schlecht und ich musste die Mappe zurück in die Kiste legen. Ich umfasste den Bernstein und blickte aus dem kleinen Flugzeugfenster.

„Wo bist du nur?"

Ich checkte im selben Hotel ein wie Andreas, als er in Dublin gewesen war. „Guten Tag, Miss Sommer, Ihre Zimmerschlüssel…" Ich räusperte mich leise. „Entschuldigen Sie, wäre es möglich, dass Sie mir die Sieben geben könnten?" Der Empfangsherr beäugte mich leicht kritisch, dann lenkte er ein: „Na schön. Sie haben Glück, es ist frei."

Kaum hatte ich das Zimmer betreten, kamen mir erneut die Tränen und hier hatte ich keinen Grund, sie zu unterdrücken. Unsere Zeit hier in Dublin flitzte in meinem Kopf umher, ich erinnerte mich sehnsüchtig an die Nacht, die wir zusammen verbracht hatten. Wir waren uns so nah gewesen. Ein Körper mit zwei Seelen.

Ich fuhr noch am selben Tag nach Howth und spazierte am Strand entlang. Es tat weh und mit der Zeit fragte ich mich, wieso ich mir das antat. Ich fühlte mich Andreas nicht näher. Ich fühlte ihn überhaupt nicht mehr. Wie konnte das nur sein?

Ich setzte mich in den Sand und beobachtete die Möwen. Der Wind spielte mit meinen Haaren und wirbelte Sandkörner auf. Es war so wunderschön hier, so still. Genau richtig für meine einsame Seele. Ich hatte sogar das Gefühl, sie als kleiner Schleier umherwirbeln zu sehen, so wie damals im Bus, doch vielleicht ging auch einfach meine Fantasie mit mir durch.

Ich holte noch einmal Andreas' Mappe hervor und verfasste einen Artikel über Sir Medley. Die ganze Arbeit hatte Andreas erledigt, ich musste das Ganze nur noch zusammenfassen. Anschliessend schickte ich den Artikel an verschiedene Zeitungen in Irland und an die Polizei, damit sie den widerlichen Zuhälter schnappen konnten. Als ich den Artikel ein paar Tage später in der Zeitung zusammen mit der Bekanntgabe der Inhaftierung von Sir Medley entdeckte, fragte ich: *„War es das Wert, du Arschloch?"*

Ich beschloss, eine Weile in Dublin zu bleiben. Hier konnte ich wunderbar nachdenken. Diese Stadt war anonym, selbst nachdem ich sechs Jahre darin gelebt hatte. Die Verkäufer in den Läden konnten sich nicht an Gesichter erinnern, was mir sehr Recht kam, denn ich wollte mit niemandem sprechen. Mit der Zeit verfiel ich in eine Art Trance. Ich übte mich etwas im leichtsinnigen Jaywalking, was nichts anderes bedeutete, als die Strasse bei Rot zu überqueren und eigentlich nicht weiter schlimm war. Ich folgte einer Gruppe Japaner, die gerade die Dame Street überquerten und war geistig schon im Starbucks, als ich plötzlich zu Stein erstarrte. *„Bleib stehen!"* Eine Sekunde später krachte es. Ein Lieferwagen rammte einen Japaner, der reglos auf der Strasse zu liegen kam. Ich war schockiert. Eigentlich hätte es mich treffen müssen. *„Andreas?"* Ich wusste, dass es seine Stimme gewesen war. *„Bitte sag was!", flehte ich. „Bleib stehen!", sagte er erneut in warnendem Ton.* Ich stand immer noch da wie angewurzelt. Wieder eine Sekunde später krachte ein PKW in den Lieferwagen, wieso auch immer. Der Lieferwagen war seit einer halben Minute still gestanden. Und ich sag ja noch immer, die Menschheit verblödet. *Andreas lachte. „Wieso meldest du dich erst jetzt?"* Ich war nahe dran, vor Verzweiflung loszuheulen. *„Ich dachte, es sei besser so…" „Wieso bist du immer so egoistisch? Ich kann doch nicht ohne dich leben!"* Bildete ich mir seine Stimme nur ein, war ich jetzt verrückt geworden?

„Du bist nicht verrückt", grinste *Andreas. „Jedenfalls nicht verrückter als du es schon immer warst…"* Eine Freudenträne lief über meine Wange. *„Darf ich jetzt zum Starbucks gehen?", fragte ich leise. Er nickte. Um ihn herum war es irgendwie dunkel. „Das liegt daran, dass ich nichts sehen*

kann. Meine Augen sind geschlossen und ich kann sie nicht öffnen..." „Hast du Schmerzen?", wollte ich besorgt wissen. Er schüttelte heftig den Kopf. „Es ist friedlich hier." „Könntest du mir einen Cappuccino bringen?" Andreas lachte. „Würde ich sehr gerne." Doch leider half mir das auch nicht weiter. Er konnte mir noch so das Blaue vom Himmel versprechen, doch einlösen, das war dann etwas ganz anderes. Ich setzte mich mit meinem Kaffee in die hinterste Ecke und lächelte das erste Mal wieder still vor mich hin. Und plötzlich wurde ich von einem unglaublichen Gefühl übermannt. Andreas schmiegte sich zärtlich an mich, ich meinte sogar, seinen Atem im Nacken zu spüren. Und da begann ich erneut zu weinen. Es zerriss mich innerlich, doch äusserlich konnte man nur sehen, wie mir Tränen die Wangen herunterliefen. „Ich bin ja da... Schsch!" „Wie hatte ich mich nur so einsam fühlen können, wenn du ja doch noch da bist?", fragte ich verständnislos. „Ich hatte eigentlich beschlossen, nie mehr mit dir zu sprechen. Ich dachte, du würdest es nicht verkraften, denn irgendwann..." „...würde ich deine Nähe vermissen und zu dir kommen wollen...", vervollständigte ich seinen Satz. Er nickte. „Aber als ich dein Leben durch einen Lieferwagen beendet sah, musste ich eingreifen." „Heisst das, der Japaner ist tot?", fragte ich geschockt. *Wieder nickte Andreas. „Oh Gott!"* Ich schlug die Hand vor den Mund. *„Und du wirst es nicht glauben, aber ich* wusste, *dass er sterben würde. Ich weiss zwar nicht, wo ich jetzt genau bin, aber ich weiss, was auf der Erde passieren wird." „Und du weisst, dass ich zu dir kommen werde. Werde ich dich da finden?" Er seufzte. „Ich kann nichts sehen, es ist alles schwarz, vielleicht verlieren wir uns dann endgültig."* Ich schnaubte. *„Niemals. Wenn unsere Verbindung den Tod überdauert, dann ist sie für die Ewigkeit!"* Ich war voller Zuversicht. *„Ich möchte nicht, dass du dir etwas antust!"* Ich lächelte. *„Ich wollte auch nicht, dass du dein Leben aufs Spiel setzt"*, entgegnete ich trotzig. *„Dann werde ich dich erwarten. Als ich hierher kam, empfing mich ein alter Herr, vielleicht kann ich ihn ja bestechen?" Er zwinkerte mir zu. „Andreas, du weisst gar nicht, wie sehr du mir fehlst." Er schmiegte sich noch enger an mich und küsste mich auf die Schläfe.* Es fühlte sich so verdammt echt an und doch konnte ich ihn nicht sehen. *„Vielleicht würde ich vergessen, wie du aussiehst, wenn ich weiter leben würde…"*, murmelte ich verwirrt.

Ich mietete ein Auto und fuhr zu den Cliffs of Moher im Westen von Irland. Es war eisig kalt und dunkel, als ich nach mehreren Stunden endlich ankam. *„Dieses Schild ist witzig“, kommentierte Andreas, als ich das „Bitte nicht passieren“-Schild hinter mir gelassen hatte.* „Der offensichtliche Trampelpfad dahinter ist noch viel witziger“, *grunzte ich.* Es war absurd. Ich schritt den Weg entlang und in wenigen Minuten würde ich die Klippen runter springen und ich hatte nicht einmal Bauchkribbeln. *„Du bist verrückt“, lachte Andreas.* „Nicht verrückter als ich es schon immer war, richtig?“ „Ich liebe dich!“ *Diese drei Worte in diesem Moment machten mich zum glücklichsten Menschen der ganzen Welt. Umso paradoxer schien es, dass ich mich die Klippen runterstürzen wollte. Der Wind wehte durch meine Haare, ich sah den Abgrund vor mir.* „Tu mir einen Gefallen und tritt kräftig vom Felsen weg, es wird schon schlimm genug, mit anzusehen, wie du unten aufkommst.“ „Kannst du mir die Schmerzen nehmen?“ *Die Frage war überflüssig, denn wenn ich unten aufkam, würde ich gar nichts mehr spüren. Der Wind blies unnachgiebig in mein Gesicht.* „Wenn du mir noch etwas sagen willst, dann jetzt, ich möchte meinen Turmsprung absolvieren...“, *versuchte ich, einen Witz zu machen.* „Ich habe dir schon gesagt, dass ich dich über alles liebe und ich hoffe nur, dass ich dich nicht verliere und ich dich wohlbehalten in die Arme* *schliessen kann... Und du?"* „*Die Narbe auf meiner Brust gibt mir zu denken...*" *Er lachte.* „*Mir auch... Danke für den Artikel! Ohne dich wären die Unterlagen wohl weggeworfen worden und der Kerl würde jetzt noch minderjährige Mädchen verschleppen.*" „*Ehrensache. Ich werde jetzt springen, Idiot!*" Ich wollte nicht länger darüber nachdenken, wie leichtsinnig er in Dublin gewesen war. Ich trat kräftig ab und wurde vom Wind umhergewirbelt. Ich konnte nichts sehen. Es war dunkel, doch ich spürte den starken Luftzug. Wie lange würde es wohl dauern? Ich hatte ein grosses Vertrauen in Andreas. Ich lächelte sogar, denn ich wusste, er würde dastehen und mich auffangen.

Er würde da sein und unsere Seelen würden sich wiedervereinen und diesmal für die Ewigkeit. –